经典 名著

让阅读更有意义

狼孩历险记

[英]吉卜林◎著
王金锋◎编译

汕頭大學出版社

图书在版编目（CIP）数据

狼孩历险记 /（英）吉卜林著；王金锋编译. -- 汕头：汕头大学出版社，2018. 3（2022.1重印）

ISBN 978-7-5658-3366-3

Ⅰ. ①狼… Ⅱ. ①吉… ②王… Ⅲ. ①童话-英国-现代 Ⅳ. ①I561. 88

中国版本图书馆 CIP 数据核字（2018）第 007253 号

狼孩历险记　　LANGHAI LIXIANJI

作　　者：（英）吉卜林

编　　译：王金锋

责任编辑：宋倩倩

责任技编：黄东生

封面设计：三石工作室

出版发行：汕头大学出版社

广东省汕头市大学路 243 号汕头大学校园内　邮政编码：515063

电　　话：0754-82904613

印　　刷：三河市天润建兴印务有限公司

开　　本：690mm×960mm 1/16

印　　张：12

字　　数：173 千字

版　　次：2018 年 3 月第 1 版

印　　次：2022 年 1 月第 2 次印刷

定　　价：59. 80 元

ISBN 978-7-5658-3366-3

导读

吉卜林，本名约瑟夫·鲁德亚德·吉卜林（1865—1936）英国小说家、诗人。1865年12月31日出生于印度孟买，父亲曾是孟买英国艺术学校雕塑学教授，后任拉合尔艺术学校校长和博物馆馆长。亲戚中有不少是画家，家庭环境对他绘画爱好和艺术素质的培养起了重要作用。

吉卜林6岁时被送往英国，在一家儿童寄养所住了5年，后来他把那里的可怕情景写进了作品《黑羊咩咩》中。1882年17岁中学的吉卜林毕业返回印度，父亲为他在拉合尔找了份工作，担任拉合尔市《军民报》副编辑。

他敏锐地观察印度的风土人情，把见闻写成小品文和轻快诗，发在他为之工作的报纸上。1884年9月，吉卜林发表了他的第一个短篇《百愁门》，从此便不断发表诗歌和短篇小说。

吉卜林一生共创作了8部诗集，4部长篇小说，21部短篇小说集和历史故事集，以及大量散文、随笔、游记等。他的作品简洁凝练，充满异国情调，尤其在短篇小说方面，是无与伦比的。马克·吐温曾热情洋溢地赞美吉卜林的作品：“我了解吉卜林的书……它们对于我从来不会变得苍白，它们保持着缤纷的色彩，它们永远是新鲜的。”

吉卜林的其他作品还有诗集：《机关打油诗》、《营房谣》、《七海》；短篇小说集：《山的故事》《三个士兵》《生命的阻力》《丛林之书》；长篇小说：《消失的光芒》、《基姆》等。

吉卜林于1892年结婚后迁居美国，在美期间发表了《消失的光芒》、《勇敢的船长们》和被认为是儿童读物的经典著作《基姆》、《狼孩历险记》和《狼孩历险记续篇》。

后将后两篇故事集中的8篇毛克利故事加上1893出版的名为《许多发明》的短篇集中的一篇毛克利故事——《在保护林里》从3个小说集中抽出来，于1933年编成《毛克利故事集》。

毛克利是印度樵夫的儿子。当他还是个婴儿时，在森林里因为到老虎追逐，父母逃散，他误入狼穴，被母狼收养，成为狼群中的一员。他的朋友有慈祥的狼妈妈，忠诚的狼兄弟，以及足智多谋的黑豹巴希拉，憨厚的老熊伯鲁，正直的狼群头领阿克拉，孔武有力的蟒蛇卡阿等。

那些动物们在毛克利周围形成了一个温暖的集体，教给他生活的智慧和谋生的本领，教给他丛林动物必须遵守的“丛林法律”。

后来，毛克利被村子里一位失去儿子的村妇收养，当了放牧牛群的牧童。但是老虎跟踪而来，要加害于他。毛克利和狼兄弟们定下计策，利用牛群设下埋伏，老虎陷进牛群的包围，被牛蹄践踏而死。但毛克利也因冒犯村里的巫师而被村民用石子驱赶出来，毛克利又回到了丛林中。

目录

大巴希逞凶灵泉

夜幕徐徐降临，大地寂静下来。

一望无垠的丛林已经把白天的喧闹收藏起来。丛林深处除了寂静还是寂静。

月亮已经出来了，但是月光却很暗淡，这是因为天空乌云密布。那暗淡的月光都是从乌云的空隙处透出来的。

在这个时候，在这种环境，一些夜行动物从自己的巢穴里静静地走出来了。它们白天在巢穴里舒服地睡大觉，为的是养好精神，准备晚上好好地干上一场，捕捉住自己想吃的猎物。

在这片丛林里，西奥尼丘陵的小溪谷是一个微不足道的小地方。但是这里的风光与众不同。在这片丛林里，凡是受过伤的动物，都知道这个西奥尼小溪谷。溪水的源泉就是这片丛林中大大有名的西奥尼灵泉。灵泉的水在丛林野兽们的心目中已经成了圣水。灵泉的水能够治疗伤口，受伤的野兽们不管伤口有多大，只要在灵泉中洗一个澡，伤口就会立即愈合。

在西奥尼灵泉疗伤的野兽们都得遵守一个规矩：

只要一进入灵泉之中洗澡疗伤，就算是誓不两立的仇人，也必须和和气气，不能在灵泉中张牙舞爪、动手动脚。至于在灵泉中洗完澡离开后，立刻又大动干戈，那又是另外一码事了。

今天晚上的灵泉颇不平静，因为丛林坏蛋大巴希出现在灵泉的岸边，它是一只令丛林野兽们厌恶的豺。它无才无德，又馋又懒经常在丛林中的野兽们面前挑拨离间，因此它臭名远扬。

坏蛋大巴希今天晚上也想在灵泉里洗澡。它身上没有受伤，但是它就是要到灵泉洗澡，它就是要此时在灵泉里洗澡的野兽们洗不好这个澡，它就是这么坏。

坏蛋大巴希在岸上大嚷大叫，它说："你们这些小家伙都给我从灵泉里滚回家去，这个灵泉是我的。"它这么说，灵泉里的大小野兽们当然会生气了。有一头雄壮的狼，"呼"的一声，从水里跃出，立在大巴希的面前。公狼劝告大巴希别在圣泉面前捣乱，这样做，只会让大家更讨厌你这个大坏蛋。

大巴希不听公狼的劝告，它非要独占灵泉。公狼今天受了伤，没有力气也没有心情跟大巴希打架。它刚一转身，大巴希就从岸上纵身一跃，跳进了灵泉里，吓得其他受了伤的大小野兽纷纷跳上岸边。

坏蛋大巴希得意忘形地在灵泉里戏耍，把泉水都搅浑浊了。野兽们都恨死它了，要不是看在大巴希有疯狂病的分上，早就打得它趴下站不起来了。野兽们悻悻离去。

公狼赶跑馋鬼

又是一个月黑风高的夜晚。

在丛林的深处，在西奥尼溪谷东侧的一个岩窟里，一只公狼睡醒了。它是这个岩窟的主人。此时此刻它的精神抖擞，浑身上下充满了雄壮的野性气息。它是一头威猛的狼。

公狼往岩窟外走出了几步。站在窟外引颈向天，纵声嗥了起来。它的声音非常粗浊，连绵不断地传到远方。

方圆数千米的地方都能够听见它的长嗥声。这是它发出捕猎的信号。

一丝明亮的月光从公狼的洞窟一晃而过。借着这一丝难逢的月光，公狼回头望了望窟内。一头母狼正在为四只仔狼喂奶。看到这个情形，公狼心里充满了欣慰，这就是它温馨的家。在离家出去捕食的时候，公狼决定再看一看它的儿子们。

它轻轻地来到仔狼们的身边，朝母狼笑了笑，马上伸出狼爪，非常小心地在仔狼身上抚摸起来。它不敢用力，生怕它这双威震丛林的利爪一不小心伤害了它的宝贝儿子。

这时母狼轻声对公狼说："你出去捕猎，一定要小心，我听说这几天有一个厉害的猎人经常出没在这一带。"公狼"嗯"了一声，算是回答母狼。它生性谨慎，知道怎么对付强大的敌人。

公狼转头就往洞窟外走出去。就在这个时候，窟外出现了一个大黑影。公狼心头一凛，厉声喝道："谁？"

那个大黑影立刻就现身在窟口。公狼定睛一看，原来是一只豺。不错，正是丛林坏蛋大巴希。

大巴希张口就吹牛拍马笑嘻嘻地说："威猛的公狼先生，你又要出去打猎吗？嗯，只要你一出爪，不管多么厉害的野兽都会束手待毙。你真是太厉害了。我很崇拜你，请你接受我的崇拜吧！我同时也为你的儿子们祝福，祝福他们天天快乐，健康成长。"

公狼不以为然，因为它知道坏蛋大巴希的话，十句里没有一句讲的是真心话。它最不愿意和大巴希交往，大巴希真是太可恶了。大巴希见狼说狼话，见鬼说鬼话，明里一套，暗地里又是一套。它经常以两面三刀、挑拨离间、煽风点火的丑恶形象出现在丛林野兽们的面前。

大坏蛋大巴希见公狼不为刚才自己那一番奉承的话所动，心里就有气了。但是一想自己有求于公狼，它又不得不忍住，不敢发作。它今天晚上没有找到食物，饿了一天，肚皮都快饿得缩小了。此时，大巴希是在饿着肚皮说话。它饿得快支撑不住了，没办法，它只得继续为公狼说些中听的话。

“威猛的狼先生，我祝福你长命百岁，行不行？”

大巴希此时此刻饿得眼冒金星，四腿发颤，一不小心，就胡言乱语了。它说的话果然不是真心话。

公狼终于开口说话了，它的声音很大，它是故意对坏蛋大巴希说这么大声的。它说：“哎呀！这不是大巴希吗？你怎么啦？你发抖干什么呀？我又没有欺负你。有什么事吗？”

大巴希诉起苦来：“公狼大哥，你听我说。我没有你那么勇猛，也没有你那么勤劳。我是经常有上顿没有下顿。不怕你笑话，我整整三天没吃东西。你也看见了，我现在饿得只剩下一点皮骨了。我说话都没有力气了。你一定要帮帮我！”

公狼冷笑道：“不至于沦落到这种地步吧！三天前，你不是还耀武扬威地要独占西奥尼灵泉吗？你那时可威风得很啊！要知道，我们有多少朋友当时都很崇拜你呀！豺老大，你真是太谦虚了。我可担当不起你的奉承啊！”

大巴希想起来了，那天晚上它到灵泉逞凶，有一头负伤的公狼教训了它一顿，它当时也没有把那头公狼放在眼里，现在一回想，才知道那头公狼就是眼前这头威猛的公狼。

大巴希赶忙又说道：“你就大人不计小人过吧！况且我也不会白吃你赠送给我的食物。我会告诉你一个消息。”

“什么消息？”公狼谨慎地问道。

“大老虎邪汉就要来了！”大巴希耸人听闻地说道。

公狼一声不吭地望着窟外黑黑的丛林。

大老虎邪汉住在离西奥尼溪谷20多千米远的卫茵郡嘉河畔。邪汉的右腿瘸了，但是它的虎威依在。依然是丛林之王，仍然统治着这片丛林的大小野兽。野兽们都非常忌惮它。大老虎邪汉就是有这么凶狠。

公狼不是大老虎邪汉的对手，关于瘸老虎邪汉的到来，宁可信其有也不可信其无。

大巴希察言观色，立刻猜出公狼准是被瘸老虎邪汉吓住了，心里暗自得意。它紧接着又说道：“瘸老虎邪汉到处放风说它这次回来，要好好教训那些平常无法无天、气焰嚣张的家伙。”

“公狼先生，你说我们这片丛林里往日是谁在我们头上作威作福、颐指气使？”

公狼不想跟它多说，“嘿嘿”冷笑两声，一声不吭，冷眼望着大巴希。

大巴希看到公狼朝它射来一道冷冷的目光，不禁心里打了一个冷战，不寒而栗。大巴希也不敢再说些过火的话，站在窟外一动不动。夜晚的冷风吹过，它饿得不行，忍不住打了个激灵。

公狼尾巴往窟内右侧一甩，一根梅花鹿骨头“呼”的一声，飞过它的头顶，紧接着“啪”的一声，落在大坏蛋大巴希的面前。大巴希张口就咬起那根大骨头来，咔嚓咔嚓几声大响，大巴希狼吞虎咽吃起来。

威猛的公狼冷冷地对大巴希说道：“你是不是还想吃骨头？”

此时大巴希饿得慌，它哪里知道这句话是公狼让它马上离开的意思。大巴希生怕这棍大骨头喂不饱它的肚子，耳边听到公狼说还有骨头送给它吃，高兴得把嘴里的骨头都放下不咬了，急忙问：“还有吗？真的还有骨头吗？那可是太好了！”

公狼把自己的大利爪伸到大巴希的面前，冷冷地说道：“这根大骨头你敢不敢吃？”

大巴希吓了一跳，它早就知道公狼的大利爪十分厉害，它再贪心也不敢碰公狼的大利爪啊！大巴希赶忙咬着那根还没有吃完的骨头夹着尾巴连滚带爬溜走了。公狼在洞口引颈长啸，啸声远远传到了数里之外。

大巴希刚跑到溪谷，听到公狼这一声长啸，心里更加害怕，没命地往前逃跑，逃到几千米外的一块大石头边，停下来喘气歇息。它生怕公狼来追杀，所以逃离得远远的。它突然发现嘴里空空如也，那根还没有吃完的骨头已经不在它的嘴里了，原来是在路上跑的时候丢了。大巴希想到公狼的威猛，禁不住胆战心惊起来。

大巴希知道公狼极不好惹，只好远远地离开了西奥尼溪谷。

公狼救出毛克利

公狼正要转身回洞窟，这时，它听到一阵猛烈的虎啸声越来越近。公狼心头一凛，母狼忍不住惊呼了一声，4只仔狼也感到危险正在逼近。公狼再一细听，虎啸更加猛烈了。显然发声的老虎已经到了西奥尼溪谷。公狼暗想：瘸老虎邪汉来得好快！

母狼声音有点发颤，它对公狼轻声说道：“邪汉的奔跑怎么会越来越快呀？它真的要对付我们吗？”

公狼斩钉截铁地说道：“我们跟它往日无冤，近日无仇，它如果真要和我们为难，我们也不一定会输给它。”

母狼轻声说道：“话虽然是这么说，但瘸老虎邪汉确实不好对付。它的本领不低，要不然也当不了丛林之王。”

公狼说：“我觉得它这次回来，并不只针对我们，它还想对付人类。它的胃口大着呢，要知道它吃了不少人呢！”

母狼说：“不错，邪汉恶贯满盈，它不会有好下场的。它吃了那么多人，人类不会放过它。说不定它会死在人类的手里。”

公狼皱了皱眉头，严肃地说：“邪汉这个坏家伙一吃完人，便拍拍屁股没事般溜走。却把我们给害惨了。人类才不管谁吃了他们的人，他们愤怒得见狼杀狼，见鹿杀鹿，这才是邪汉罪该万死的关键。”

母狼陷入了沉思中。

突然，西奥尼溪谷下传来瘸老虎的惨叫声。

公狼一跃而出，站在洞窟口前探头张望。

母狼依然抱着它那四只受到惊吓的仔狼不放。它对公狼说道：“瘸老虎邪汉怎么啦？它好像受了伤。到底是怎么一回事呢？”

公狼说：“嗯，好像受伤了。它好像受到人类的围攻，好像快要完蛋了。”

母狼仍然不放心，说：“瘸老虎邪汉诡计多端，说不定它是故意装的，骗你出去，千万别中了它的毒计！”

公狼说：“我听到了瘸老虎邪汉逃跑的声音，声音很凄惨，不像装出来的。听！它已经逃得远远的了。”

母狼正要说话，公狼头也不回，纵身一跃，出了洞窟，扑扑几声轻响，早到了溪谷。公狼警惕地观察起溪谷四周来了，瘸老虎邪汉行事阴险诡秘，说不定它还藏在附近呢。

就在这个时候，公狼看见前方一丛高高的软草里面有什么东西在蠕动。公狼屏声敛气。它以为软草里面一定藏着瘸老虎邪汉。它不敢轻举妄动，大敌当前，蓄劲以待。

等了七八分钟，不见软草里面有什么动静，公狼更加不敢轻举妄动了，它料定瘸老虎邪汉也正在全力准备，想一举击败自己，当下全身鼓劲。只听咔咔几声骨骼碰撞响，公狼已经把劲力都透进骨骼里面。如果瘸老虎邪汉猝然出击，它也不会轻易让邪汉得逞。

公狼又全副武装地等了5分钟，仍然不见软草里面有什么动静。公狼勃然大怒，想到瘸老虎邪汉也没有什么值得可怕的。立时后腿一蹬，身子陡然跃起，张牙舞爪朝软草深处猛扑过去。

公狼扒开软草，在半空中看到一个幼小的孩子正趴在草边玩耍，哪里忍心扑下去？

倏地往软草丛左侧一摔，自己硬生生摔倒在地上。虽然没有摔伤皮骨，但这一摔集全身之力，真是疼痛难忍。

公狼本来以为草丛里面藏的是瘸老虎邪汉，哪里想得到会是一个人类的婴儿，面对一个天真的婴儿它怎么忍心伤害？

公狼猜想：肯定是刚才瘸老虎邪汉和一伙人激战，那伙人有人带着这个婴儿，他们为了保护这个婴儿的安全，便把婴儿放在这片草丛里，然后和瘸老虎打了起来。瘸老虎吓跑了那些人，但它受伤也不轻，它生怕那伙人回去搬救兵，连婴儿也不敢吃，便自顾性命逃走了。

公狼只猜对了一半。

事实上情况是这样的：婴儿的父母带他到这里来露营。这天晚上，父母两人围着营火在准备晚餐的时候，他独自一个人蹲在草坪上玩耍。就在这时，瘸老虎从丛林里跳出来，一脚踩在火堆上，父母吓得东跑西窜，他被遗留在那里了。

公狼见婴儿挺可怜的，如果不救走他的话，肯定会被其他凶猛的野兽吃掉。于是它轻轻咬住婴儿的衣服，小心翼翼地往自家的洞窟走去。

母狼见公狼带回一个可爱的婴儿，非常惊喜。它一看到这个可爱健康的婴儿，慈爱的母性就在脸上展现出来。

母狼对公狼说："以后我们就养着这个婴儿吧！"

公狼说："这个婴儿挺可怜的，我们如果不保护他，一定会被其他野兽吃掉的。"

母狼当然高兴哺养这个天真可爱的婴儿了。此时此刻这个婴儿正顽皮地在它的身边爬来爬去，他的嘴巴最后咬住了它的乳头，不舍得松开嘴，他正饿得慌呢！母狼挺喜欢这个婴儿的。

瘸老虎要吃人

洞窟里，公狼与它的妻子正商议着如何哺养这个人类的婴儿，忽然一个黑影在洞口闪了一下。

"谁？"公狼警惕地问。同时猛地转过身，两道锐利的目光射向洞口。

只见瘸虎邪汉站在洞口，宽大的四方脸上长着一双又圆又大的眼睛，恶狠狠地向洞里扫来扫去。

大巴希紧紧跟在邪汉的身后，讨好地说：“大王！婴儿就在这洞里！”

公狼见是邪汉，不由心中一惊，不露声色地问：“请问先生有何贵干？”

“刚才有一对夫妻被我吓跑了，他们的孩子是不是藏在你这里？”老虎摆出一副盛气凌人的姿势问。

“邪汉，你真是胆大妄为，竟敢与人类为敌，还要欺侮幼小的婴儿，他是我救回来的，凭什么要交给你？”公狼毫不示弱。

瘸虎见公狼出言顶撞，禁不住怒气冲天，大声说：“凭什么？就凭我是丛林之王！快点把他交出来，否则与你没完！”

母狼听邪汉自称为丛林之王，心中恼怒，轻轻放下人类的孩子，往前走了几步，大声说：“你这个卑鄙的家伙，根本就不配当丛林之王。你胡作非为，干尽了坏事，现在又违反规矩，伤害人类，我看你是个魔鬼！你听着，孩子在我们手里，我们要养活他，等长大以后，他一定去找你算账。快点滚得远远的，休想碰他一根毫毛！”

母狼的话义正词严，瘸虎邪汉听了哑口无言。母狼的外号叫“拉克夏”，拉克夏的意思是森林中的魔鬼。她身体灵活，脾气暴躁，威名远震。

这几年在家里拉扯孩子，性格温驯了许多，若在从前，早就与邪汉动起手了。

瘸虎邪汉没把公狼放在眼中，但对这位母狼却心存畏惧。看见母狼发威，不由得向后退了好几步。

母狼见邪汉仍在洞口不肯离去，厉声骂道：“瞎了眼的瘸虎，你不要打这孩子的主意了，我们绝对不会把他交给你，还是识相点，赶快滚蛋吧！”

母狼的声音凄厉高亢，响彻夜空，就连身边的公狼也暗自心惊。

瘸虎邪汉见眼前的形势占不到便宜，可又不愿就此罢休。他已经一整天没吃饭了，眼看着到手的食物被别人夺走，心中不甘，脑子一转，想出一条毒计。

“嘿嘿！你们想哺养那个孩子？简直是白日做梦！难道你们不知道种族里的规矩吗？自古以来哪有狼抚养人类的道理。你们的同类肯定不会答应。况且，这个孩子的父母是让我吓跑的，我有权利占有他。如果你们仍然执迷不悟，嘿嘿！我一定不会放过你们。”邪汉抬出狼族的规矩，威胁着说。

母狼听了，冷笑两声：“哼哼！你伤害人类的孩子，难道是遵守规矩吗？”

邪汉看它们并不买账，无可奈何地摇摇头，带着馋鬼大巴希灰溜溜地离开了。

母狼和公狼这才松了一口气。刚才它们虽然没有与敌人动手，但手里都捏着一把汗。邪汉的脚上虽然受了火伤，可它毕竟是一只凶猛的老虎啊！

它们坐在地上休息了一会儿，又谈论起人类的孩子。公狼紧锁着眉头说：“刚才邪汉的话提醒了我，我们要哺养这个孩子，还真有点麻烦。必须同其他的狼商量一下，听听别人的意见，如果它们不赞成的话，确实不好办。”

母狼低头沉思了好长时间，开口说：“那怎么办呢？总不能把他扔出去吧，邪汉也许就隐藏在附近，扔出去岂不成了它的美餐？它吃完拍拍屁股走了，要是让人类知道了，一定会大举围攻山谷和丛林。到那时，遭殃的是我们。况且，这个孩子非常可爱，我有点舍不得呢！”

公狼点点头说：“嗯，这孩子不仅可爱，而且十分勇敢。你瞧，他的小嘴胖嘟嘟的，小腿不住地乱蹬，多像一只青蛙呀！我们就叫他毛克利吧！毛克利就是青蛙的意思，多好听的名字啊！……可是，我们的同类如果不赞成，我们该怎么办呢？”公狼说着，脸上的笑容又消失了。

母狼听了，长叹一声，陷入沉思之中……

而那个人类的孩子，我们以后就叫他毛克利，却在母狼的怀抱中睡着了。

狼群召开大会

又到了15日，每个月的这一天，狼群都要举行隆重的集会。按照以往的惯例，实际上也是狼种族的一个制度，刚出生的小狼，只要学会走路，就得跟随家长去参加。

集会时，小狼必须在台上亮相，以便让其他狼看清它的面目，确认是哪个狼的孩子。从此以后，小狼就算具备了合法身份，可以公开地在丛林中出现。狼族的政策相当宽松，小狼们偶尔犯点小错误，一般也没人追究，更不要说惩罚了。

在这个时期内，小狼们可以任意寻找食物。当它们不借助别人的力量而可以捕获梅花鹿时，就被当做成年的狼来对待。而对于本族之外的其他动物，狼的制度非常严厉。不管是谁，一旦抓住了残害狼的动物，绝对要将它置于死地。

这天晚上，收养毛克利的那家狼犯难了。公狼在洞中抓耳挠腮，走来走去，嘴里不住地嘟囔：“怎么办呢？集会马上就要开始了，如果别的狼不赞成我们收养毛克利，毛克利顷刻之间就会被咬死。但这种集会又不能缺席。况且，永远把他藏在家中，也不是长久之计，迟早会被别的狼发现，那样的话，麻烦就更大了。再说，孩子一直待在洞中，不出去活动也不行啊……”

母狼怀里抱着毛克利和它的4个儿子，愁眉苦脸地坐在地上，唉声叹气，说：“咱们一块去吧，到时候见机行事。”

公狼与母狼商议妥当，带着毛克利和4个儿子上路了。

月到十五分外明。今晚的月亮特别夺目，银色的月光把大地照耀得像白昼一样。狼群的会场,在丛林中的一块空地，空地四周是一座座高低起伏的小山坡。如果遇到敌人进攻，他们就迅速地爬上山坡，占据有利地形，居高临下对付敌人。

会场中，有两只狼十分引人注目。一只是狼群中的勇士，它身材魁梧，力大无比，参加过大大小小不下100多次的战役。即使特别凶猛的野兽，只要它一出马，定会手到擒来。它的儿子刚满3岁，就可以单独捕获梅花鹿，已是成年的狼了。

另一位是狼族的最高统治者阿克拉，它一生未娶，当然也没有儿子。阿克拉在狼族中年龄最大，经验丰富，机智勇敢，德高望重，掌握着狼群中发号施令、生杀予夺的大权。

阿克拉一生中经历了无数大风大浪。最危险的一次是掉进猎人的陷阱中，被猎人捉住后打得皮开肉绽，昏迷不醒。猎人以为它活不成了，把它扔进山沟里。阿克拉在山沟中昏迷了七天七夜，居然大难不死，活着逃了回来。

阿克拉站起身来，向会场扫了一眼，见所有的狼一个不差，大声宣布：

“大家静一静，大家静一静，本月的集会现在开始！还是以前的老规矩，各家把自己的儿子领出来，让它们站到台上，大家要仔细看清它们的毛色、身体形状和面目特征，并且深深地记在脑海中，以便在今后的活动中，能够把它们准确地辨认出来。好了，别的不多说了，哪一位小狼先上台来？”

阿克拉的话音刚落，就见小狼们一只接一只地走到台上，并且绕着台子转一圈。有的小狼还不明白是怎么回事，好奇地在台上东张西望。这时候，台下的大狼都屏住呼吸，一声不响，目不转睛地瞅着那些小狼，把它们的形貌保存在记忆之中。遇到哪一个小狼比较出众，大狼们会从嘴里发出“啧啧”的赞叹。

大约用了半个多钟头，所有的小狼已经辨认完了。阿克拉冲着台下的毛克利点点头说：

“上来吧！小家伙，该轮到你了！”

母狼拉克夏的心一下子揪紧了，脸上露出紧张的神色。公狼犹豫了一会，把毛克利推出狼群。毛克利哪管它们的心情，他见一只只小狼跑到台上，站了一会儿又走下来，觉得挺有意思，早就等得不耐烦了。

此时公狼推了一把，他急忙乐呵呵地站起身，东摇西晃地走上台子，站在台上手舞足蹈，好像一个小演员在表演节目呢！

“啊！他不是我们的同类，他是人类的孩子！”

狼群发出了一声惊呼。紧接着更多的狼也发出同样的喊声。

母狼吓得脸色惨白，嘴里喃喃地说：“完了！这下完了！这群狼们不赞成毛克利加入狼族，这个可怜的孩子现在还不知道，用不了多长时间，他就要成为狼群的腹中之物。”

想到毛克利被咬死时的可怕情景，母狼浑身哆嗦起来，不敢再往下想了。

公狼站在母狼的身旁，心中和它同样紧张。脸上一片茫然，大脑出现空白，待在那里六神无主。

会场上的狼群更加骚动不安，“那是人类的孩子”的呼声一浪高过一浪。而毛克利还嫌不够热闹，不知从哪儿捡起一根小棍子，握在手里不停地挥舞。

阿克拉不愧是狼群的首领，它站起身来，向会场扫了一眼，沉稳有力地说：“大家不要吵！再仔细看看他到底是不是我们的同类，在我们的大会上，绝对不允许出现半点差错！”

阿克拉刚说完话，会场东边的一个小山坡上响起一个炸雷般的吼声。狼们顺着声音望去，啊！是瘸虎邪汉！它不可一世地站在山坡上，指手画脚说：“你们听着！那个孩子不是你们的同伴，他是人类的孩子。我吓跑了他的父母，所以有权利占有他。你们留下他没什么用处，快点把他乖乖地交给我，否则的话，嘿嘿！我就给你们点颜色瞧瞧！”

狼群中又是一阵骚动，吓得小狼们躲到家长的身后，有几只胆小的大狼也缩头缩尾，做好逃窜的准备。

这时候，首领阿克拉双目圆瞪，射出两道锐利的光芒，举起双手，在空中用力挥了一下，大声说道：“弟兄们！不要惊慌，我们狼族是一个自由的、团结的种族，无论任何动物都不准干涉我们的内政。我们内部的一切事情要自己处理，出现什么矛盾也要自己解决，绝不允许外人插手。

“我们要紧紧地团结起来，不受外界因素的干扰。现在，我们继续讨论这个孩子的问题，请大家睁开雪亮的眼睛，仔细辨认。”

阿克拉的这一番话掷地有声，豪气冲天。会场马上安静下来，恢复了刚才的气氛，狼们又开始七嘴八舌地议论起毛克利。

一只体格健壮、年轻气盛的狼跳出来，高声叫道：“我们狼族是一个团结的整体，怎能允许异类在当中存在。他是人的孩子，我们不承认他的身份。”

母狼拉克夏听了不由大怒，龇牙咧嘴，暴跳如雷，恶狠狠地瞪着刚才发表意见的那只狼。场中的气氛顿时紧张起来。

熊和豹出面担保

在狼族里还有一个规矩，像毛克利这种情况，除了他的父母，也就是公狼和母狼外，如果有另外两只狼站出来给他担保，毛克利也会得到认可，否则的话，他就不能加入狼族了。

父狼用期盼的目光向全场的狼扫了一眼，然后又可怜巴巴地望着阿克拉。可是狼们都低下头，一言不发。显然，谁都不愿意出来为毛克利担保。

狼族首领阿克拉提高嗓门大声问：“有哪一位愿意替这孩子

担保？……有哪一位愿意为这孩子担保？”

阿克拉连问两次，整个会场鸦雀无声，寂静得地上掉根针都能听见。母狼绝望了，它的意识有点模糊，好像天要塌下来似的。

“狼们不希望毛克利加入，马上就会将他咬个血肉模糊。毛克利那么惹人喜爱，我拼个鱼死网破，也要保护这孩子。”

想到这里，一种母性特有的伟大力量从母狼的体内激发出来，浑身肌肉绷得紧紧的，身上的毛一根根竖起来，好像许多细针一样，摩拳擦掌，作好激战的准备。

那些狼们仍然没有一个站出来替毛克利担保，整个会场充满了浓浓的火药味，大战一触即发。

在这千钧一发的时刻，狼们听到一个洪亮的声音：“我替他担保！”

实际上声音并不很大，因为会场中死一般沉寂，因此听起来十分震耳。大家顺着声音的方向望去，哦！是伯鲁先生！“咕咚”一声，母狼拉克夏提到嗓门的心又落进肚里，脸上紧张的表情渐渐消失了。

伯鲁是一头大棕熊，性格温和，为人宽厚，是丛林中的教书先生，负责小狼们的培训工作。它平时非常疼爱小狼，经常给它们吃一些野果之类的零食，教书时却十分认真。

棕熊本来不属于狼族，但由于这些小狼今后是他的学生，所以每次都要参加狼群的集会，来辨认各个小狼的面目。

以往棕熊先生在集会上一言不发，但在今天这种特殊的场合里，却站出来说话，大家都感到奇怪。

伯鲁见大家用惊奇的目光打量它，站起身来，装模作样地用手摸了摸胡子，开口说：“我替这个孩子担保，大家感到奇怪，是吧？下面谈一谈我的看法。首先，我认为这个孩子本身没有什么错，公狼夫妻将他收留下来是完全应该的；其次，如果让这孩子从小生活在狼群中，长大以后一定会成为我们的得力助手，为我们的兴旺发达贡献他的力量。至于这孩子的学习问题，就交给我好了。”

棕熊伯鲁发表完它的意见，又坐回原来的位置。

“嗯，伯鲁先生算一个。”阿克拉说，“但这个孩子要加入狼群，还需要一个人出来担保，哪一位愿意呢？”

公狼和母狼刚才放下的心又悬了起来。焦急地等待着另一个担保人的出现。

忽然，站在后面的狼纷纷往两边闪开，只见一头矫健的黑豹像一颗皮球似的，“咚”的一声，越过众狼的头顶，跳进会场的中央。这头黑豹长着一身乌黑的皮毛，上面均匀地分布着一些斑点，在皎洁的月光下，闪闪发光。

黑豹的名字叫巴希拉，平时好像一只绵羊，举止文雅，声音甜美。一旦惹恼了它，比大巴希还狠毒。狼群对它十分畏惧，从它眼前走过时，都小心翼翼，点头哈腰。

巴希拉环视一下会场中的狼群，得意洋洋地说：“阿克拉首领、各位朋友！我虽然不是狼族里的，不应该干涉你们的内政，但我要用另外一个动物来换取这个人类的孩子，你们不会反对吧？”说完，观察着狼们的表情。

丛林中有一个大家必须遵守的制度：狼群集会时，如果小狼不被承认身份，就要被狼群咬死，除非用其他的动物来换取。

狼群听黑豹巴希拉说要用其他动物来换取小孩的性命时，都兴奋地跳起来，举双手赞成，谁愿意去吃一个毫无反抗能力、像青蛙一样的孩子呢？

巴希拉见狼群同意它的意见，更加神气，兴致勃勃地说：“刚才伯鲁先生替这个孩子担保，我是替这孩子担保的第二个人。人类的这个孩子手无缚鸡之力，即使加入你们狼群，也不会损害你们的利益。你们如果吃掉一个毫无反抗能力的小孩，不怕遭人笑话？这孩子成人以后，会壮大你们的队伍，为你们做很多有益的事情。况且，我这个要求是根据制度提出来的，不是无条件让你们放过他。我下午捕获了一头又肥又大的野牛，当做礼物送给大家，你们美美地享用去吧！”

“好啊！我们又可以饱餐一顿了！一个软弱的人类的孩子，又不是什么凶猛的野兽，让他入群有什么可怕的！”狼群听黑豹巴希拉答应送给他们一头肥牛，齐声同意这个做法。

“巴希拉不是骗我们吧？”有的狼提出疑问。

阿克拉走到黑豹面前，拉住它的手向狼们说：“大家安静些，我们的这位朋友向来言而有信，绝对不会欺骗我们。巴希拉，你告诉我们，野牛在哪里？”

“在前面的一个山洞里，又鲜又肥啊！”

“好了，”阿克拉说，“现在我宣布：因为伯鲁先生和黑豹巴希拉两个替毛克利担保，按照规矩，从今以后，他就是我们狼族中的一员了，和其他小狼享受同样的待遇。”

“下面请大家接着辨认他的相貌。集会结束后，一起去享用黑豹巴希拉送给我们的礼物。”

毛克利仍在台上玩自己的木棍，他不知道自己已从地狱门前走了一遭。狼们现在关心的并不是台上的毛克利，而是那头美味可口的野牛。他们生怕去迟了，野牛会被别人吃完。所以匆匆忙忙地朝台上的毛克利瞧了几眼，就飞也似的奔向藏野牛的山洞。

转眼之间，空荡荡的会场只剩下公狼全家、阿克拉、毛克利、黑豹巴希拉和棕熊伯鲁先生了。

公狼和母狼四目相对，一声不吭，他们都大汗淋漓，浑身好像虚脱了一样，没有半点力气。刚才那惊心动魄的场面，好像经历了一场血肉横飞的激战。

此时，一轮明月高高地挂在天空，微风吹过，树叶投在地上的影子轻轻移动，几只萤火虫在眼前飞来飞去，好一个宁静而美丽的夜晚！

躲在山坡上的瘸虎邪汉眼睁睁看着毛克利加入狼族，

羞怒交加，但又毫无办法，发疯似的大叫起来：“啊……哇……哦……”

巴希拉听到邪汉的吼声，心中十分畅快，忍不住大笑：“哈哈！瘸虎！你发疯地笑吧，等毛克利长大了，恐怕你哭都来不及了！”

阿克拉长出了一口气点着头说：“你来得真及时，要不是你，这件事还真的不好处理呢！现在好了，毛克利一定会为我们带来幸福的。”

就这样，失去父母的毛克利，从虎口中捡回一条性命，加入西奥尼山的狼群。

棕熊气坏了

时间如流水，光阴似闪电，7年的时间眨眼就过去了，毛克利已长成一个小男孩，更加活泼可爱了。

那次集会以后，毛克利随公狼和母狼一起生活。由于是人类的孩子，天生头脑机灵，随着年龄的增长，也一天天调皮起来。那些与他在一块儿玩耍的小狼们，经常被他捉弄得分不清东南西北。

母狼虽然以泼辣凶狠著称，但十分疼爱毛克利，对他百依百顺，有求必应，真是放在手中怕掉了，含在口中怕化了。对于毛克利的调皮，母狼也去唠叨，但他是左耳朵进，右耳朵出，一点儿也不放在心上。

公狼也拿他没办法，当公狼生气，要教训他时，他就手脚麻利地爬上大树，扮着各种鬼脸，嘲笑树下的公狼。

公狼和母狼担心这样下去，毛克利更加无法管束，商量着把他送到伯鲁先生家中，让他学些为人处世的原则，更主要的是让他掌握丛林中的礼节。

因为作为狼族中的一员，如果不懂丛林中的礼节，简直是寸步难行。况且，公狼和母狼一致认为：对毛克利来说，棕熊伯鲁的教育肯定比他们的责骂有效得多。

狼雄找到伯鲁，将心中的想法与它说了，伯鲁先生一口答应。实际上，伯鲁先生那次集会替毛克利担保时，就说过要承担教育他的责任。

棕熊伯鲁知识渊博，可以针对不同的学生制定出不同的调教方法。它教出的小狼不计其数，完全可以称得上桃李满丛林。就是这样一位老先生，对毛克利也束手无策。

这一天，黑豹巴希拉来拜访伯鲁先生，刚进家门，伯鲁先生就发开了牢骚："我教了这么长时间的书，从没见过像毛克利这样顽皮的学生。真让人头疼啊！"

巴希拉曾经在人类中生活了一个时期，所以对人类的了解非常深刻，听了伯鲁先生的牢骚，一边摸摸胡须，一边意味深长地说："人嘛，出生时身体没有任何凶器，他们唯一的资本就是有一颗比较聪明的脑袋。仅凭这一点，他们还要装腔作势，看不起别人。"

"毛克利天生有这种毛病，老先生还得多下工夫，细心调教才是，否则的话，他也许不会有什么出息。"

自从来到伯鲁家里，毛克利就觉得没意思。以前随公狼和母狼生活的时候，多么舒服啊！成天无拘无束，自由自在，与几个小狼兄弟在丛林中捉迷藏，到草原上奔跑，去山洞里寻找食物……

可是现在，成天面对的除了待人接物的方法就是丛林中的礼节。他才懒得去用心学习呢！

母狼听说毛克利不改原来的本性，仍然贪玩捣蛋，来到伯鲁先生的家，把毛克利叫过跟前，语重心长地说："听说你不听从伯鲁先生的教导，仍旧调皮任性，我放心不下，过来看看你。毛克利，我一直把你当成亲生儿子，希望你长大以后能干出一番大事业，所以才把你送到这里来接受教育。

“以前在家中，我们教你的只是些肤浅的知识。你现在还小，等长大以后就慢慢知道了，要想在丛林中生存下去，必须掌握各种动物的生活习性，和丛林中的各种礼节，如果你现在不好好学习，到那时只怕是性命难保。记住我的话，以后学习用功些，啊！”

毛克利十分聪明，从母狼的话中听出了它的良苦用心。于是便开始刻苦学习了。

他思维敏捷，理解能力强。其他小狼3天才能学会的东西，他只用两天就掌握了。其他小狼学会本族的礼节就满足了，而毛克利除了这些，还要学习丛林中其他动物的礼节。

伯鲁先生看在眼里，喜在心上。心想人类到底是一种高级动物，他们的后代也非同一般，这孩子日后前途无量啊！他不止一次向巴希拉称赞毛克利。巴希拉听了，也感到欣慰，微笑着对伯鲁先生说：“我对这孩子充满信心，希望你能把他培养成一位优秀的人才。那样的话，我们在丛林中的势力就更加强大了。”

伯鲁先生向毛克利传授知识时，巴希拉喜欢站在一边观看。每当毛克利领会了难度挺大的问题时，伯鲁就得意地冲巴希拉笑一笑，那意思是：看见了吧，这孩子就是行，我不是吹牛。

没用多长时间，毛克利掌握了为人处世的方法和丛林中的所有礼节，同时也学会了一些生存的基本技能，就连奔跑，也十分迅速，与其他的狼旗鼓相当。

这天下午，蔚蓝色的天空没有一片云彩，太阳像一个大火球，猛烈地炙烤着大地。地上没有一点风，树上的叶子一动不动，整个大地像一个大蒸笼，燥热难当。狗有气无力地趴在树荫下，伸出长长的舌头，所有动物钻在洞里，等待夜幕的降临。

毛克利坐在一棵大树下，认真地听讲。伯鲁先生身体肥胖，豆大的汗珠不住顺着长毛滴落在地。尽管它鼓足精神去教毛克利，但耐不住天气的炎热，上下眼皮不停地打架，头脑昏昏沉沉，一会儿就睡着了。

毛克利迷迷糊糊地听着听着，却没了老师的声音，抬头一看，棕熊伯鲁正躺在地上打呼噜呢！他也头昏脑涨，朦朦胧胧地睡着了。

这时，从远处隐隐约约飘过一阵欢快的歌声。

年轻力壮的狼们，为了生存，不顾红日当头，在这样闷热的天气，还得去搜寻食物，他们三个一群五个一伙，边走边唱，那欢快的歌声听起来还有一点雄壮的感觉：

迈开矫健的步伐，我们向丛林深处走去，

为了生存，我们去那里寻找食物；

睁开雪亮的眼睛，提防猎人布置的陷阱；

竖起灵敏的耳朵，捕捉细小的声音；

举起有力的爪子，扑向凶猛的敌人；

露出锐利的牙齿，撕碎猎物的身躯……

这是我们的骄傲！

这是我们的本性！

这是我们的希望！

我们必须提高警惕，抵御凶残的野兽，

我们必须小心谨慎，保卫我们美丽的家园……

棕熊伯鲁睡得正香，忽然被这歌声吵醒了，睁开眼睛一看，毛克利也进了甜美的梦乡。急忙过去把他推醒：“毛克利，不要睡了！毛克利，醒醒吧！”

毛克利睁开朦胧的睡眼，嘴里嘟囔着："吵什么吵，让我再睡一会儿，让我再睡一会儿嘛！"

"不要睡了，你听听，年轻的狼们已经唱着歌，捕食物去了，你还不快点抓紧时间学习，要睡到什么时候呢？"伯鲁先生板着面孔，一本正经地说。

"伯鲁先生，你不是也睡着了吗？"毛克利用嘲弄的口气说。

"胡说，我才没睡着呢，我哪有你那么懒！"伯鲁不愿在学生面前丢脸，红着脸撒谎说。

"还说没睡着，口水都流出来了！"毛克利指着伯鲁先生的嘴巴，讥笑它。

伯鲁先生听了，羞得满脸通红，用前爪擦擦口水，咳嗽了一声说："我哪睡着了，只是打了个盹。小家伙，不要耍嘴皮了，来，我们继续学习丛林礼节。"

于是，师徒俩又强打精神，坐直身子，开始上课。由于天气太热，伯鲁先生讲着讲着，又迷糊了，所讲的内容也不像平时那样连贯，有点前言不搭后语，但聪明伶俐的毛克利全部听懂了。

丛林中的礼节纷繁复杂，博大精深，可不是一门简单的学问。至于细小的礼节，更是多如牛毛，不计其数，有些礼节伯鲁先生也不大清楚。下面举几个简单的例子：

识别枯木法：有些树外面看上去完好无损，但中间早就枯朽了，如果识别能力不强，贸然上去就有危险。

结交蝙蝠法：大家都知道，蝙蝠这种动物白天休息，晚上活动，如果不小心惊了蝙蝠的美梦，必须赶紧向它赔礼，否则晚上睡觉时不得安宁。

躲避蜜蜂法：在抓捕猎物的过程中，如果遇到成群结队的蜜蜂，得把头伸进草丛里或者立即趴在地面上，要不然，一定会被蜇个鼻青脸肿。

讨好水蛇法：丛林中的小河里，生活着许多水蛇，要到对岸时，应该礼貌地向水蛇打个招呼，这样，水蛇就不会袭击你了。

物竞天择，适者生存。在丛林中居住的动物，相互之间经常发生争斗，为了一点食物，或者为了一块地盘，往往会引起大规模的战争，这种战争一旦爆发，十分残酷，不是你死，就是我亡。

长期在这种环境下生活的野兽，逐渐总结出维护自己利益的方法。它们时时小心戒备，躲在岩石下或山洞中，遇到有外敌入侵，立即全部出动，进行反抗。

一般来说，各类野兽都有自己的地盘，和平共处，互不干扰，原则上只能在本族范围内寻找食物。

如果遇到特殊情况，比如自己的领域内实在没有食物可吃，也允许到其他野兽的范围去打猎，但必须礼节周全，否则的话，就要发生流血事件。

进入其他野兽的领地时，必须在边界上大声吆喝："嗨！朋友们！帮个忙吧，我们那儿找不到食物了，我们已经好几天没吃饭了。请让我们进去找点吃的吧！喂！给你们添麻烦了！"

直到人家的最高领导同意才能进入。如果人家愿意让你进入，首领就会答应："行啊！你们进来吧！但你们只能猎取食物，填饱肚子，要是搞什么阴谋诡计，我们可不客气……"

伯鲁先生讲完这些丛林规矩，又接着讲各种飞禽走兽的语言和暗号。

毛克利喜欢听丛林的规矩，因为每一条规矩，可以体现出一种动物的习性，他觉得好奇。但一听动物的语言和暗号，毛克利就厌烦了。那些语言叽里咕噜特别别扭，十分难记，一听就头疼。

况且，今天温度高，伯鲁先生讲得含糊不清，听了一会儿，毛克利的顽性就发作了。

“伯鲁先生，停下来吧，别讲了！太没意思了！”毛克利突然冒出一句。

棕熊伯鲁愣了一下，一会儿明白过来，毛克利又要捣蛋了。它生气地从地上捡起一根树枝，打在毛克利的头上，嘴里骂着：“这调皮鬼，听得好好的，又来捣乱什么！”

毛克利头上挨了一下，心中起火，弯腰在地上拾一块石头，照准伯鲁扔过去，“啪”的一声，不偏不倚打在它的鼻梁上。

毛克利转身就跑并说道：“这头老肥熊，看你还敢不敢打我！”

棕熊伯鲁气得七窍生烟，捂住鼻子在后面追赶，一边追一边骂：“这个没礼貌的东西，居然敢打我，不好好教训你一顿才怪呢！”

“嘻嘻！嘻嘻！来吧，我在这儿呢！有本事你就追过来。”毛克利边跑边回过头戏弄棕熊伯鲁。

身体肥胖、行动不便的棕熊怎能追得上小巧灵活的毛克利。没跑几步它就气喘吁吁，汗流浃背，追不动了，只好坐回树下，用手揉着鼻子，哭笑不得。

神秘的暗号

这时，黑豹巴希拉幸灾乐祸地由丛林中钻出来。“嘿嘿！棕熊老先生，你教的徒弟不错嘛……”

棕熊伯鲁听了巴希拉的取笑，摇了摇头，叹着气说："唉！这孩子真淘气，我口干舌燥地给他讲了一下午，他却用石头打我。真没办法呀。"

巴希拉收起脸上的笑容，说："这孩子非常聪明，只是有点淘气。但也不能完全怪他，你想想，他才几岁呀？要不是加入狼群，恐怕还躺在妈妈怀中撒娇呢！他的脑袋有多大？一下子能接受了那么多知识？你不要太着急，慢慢来吧！"

棕熊伯鲁接着巴希拉的话说："哪是心急，我是恨铁不成钢哪！人类的孩子本来就软弱无力，再不学好丛林礼节，你叫他怎么生存下去？"

"俗话说得好：严师出高徒嘛，他要是不听从教诲，我就得让他吃点苦头。"

"让他吃点苦头？这么说，伯鲁先生，你是不是经常打他？"黑豹巴希拉瞪着眼睛问。

一看巴希拉生气了，伯鲁赶忙说："没有，我可没有经常打他。只是在他学习不用功时，偶尔推他一下，这无所谓吧？"

"什么无所谓？毛克利细皮嫩肉的，你的手掌皮粗肉厚，他怎么经得起呀！我说他的脸上哪来的伤痕，原来是被你抓的。往后他要是还不听话，你最多责骂几句，绝对不能动手，听见了没？"

"听见了，那样的话，以后更不好管教了。"棕熊伯鲁摇着头说。

"也只好这样了，"巴希拉说，"你就多费点心血吧。对了，你刚才不是正教他野兽的语言和暗号吗？怎么样？巴克利全掌握了吗？他哪儿去了？我要考考他。喂！毛克利——毛克利——你躲到哪里去了，快出来吧！"

伯鲁先生和黑豹巴希拉等了一会儿，不见毛克利的影子，伯鲁皱着眉头小声嘟囔着说："这孩子，跑到哪里去了，还不快点出来，我又不追究他了。"

“哈哈！我在这儿呢！”毛克利坐在他们头顶的大树上，顽皮地扮着各种鬼脸，哈哈大笑。两人的谈话，他听了个一清二楚。

站在地上的伯鲁先生和巴希拉吓了一跳，抬起头一看，是毛克利。

“下来吧，巴希拉要考考你呢？”伯鲁冲他喊道。

“好吧！”说着，毛克利手脚并用，“嗖嗖”几下，从树上爬下来。

棕熊伯鲁拉住他的手，温和地说：“过来，往前一点儿，把学到的动物语言和暗号说出来，让巴希拉听听。”

“我知道许多种动物的语言和暗号，到底要我说哪一种动物的语言呢？”毛克利仰起小脸，得意洋洋地说。

伯鲁先生见巴克利自高自大，沉下脸严肃地说：“毛克利，你才懂得多少动物语言，也敢在这儿说大话。我不是对你说过了吗，艺无止境，学海无涯。我活这么大岁数了，也有许多礼节和动物语言不太熟悉。谦虚使人进步，骄傲使人落后，这个道理你可要牢记在心啊！”

毛克利知道自己错了，红着脸，低下头小声说：“嗯，我知道了。”

伯鲁先生来劲了，转过头对黑豹说：“前几年，就是上一辈，无论是富贵人家，还是平民百姓，人们对老师十分尊敬，那时常说的一句话是‘一日为师，终身为父’。如果有好吃的，都要把老师请去品尝……

“可现在，不知是什么缘故，许多小狼只学会一些鸡毛蒜皮的知识，就心满意足地拍拍屁股走了。别说平时，就是逢年过节也不来看看我。

“唉，这些小狼一点规矩都没有，想起来真让人寒心哪！”说到这里，伯鲁先生把头转向毛克利，接着说：“毛克利也不例外，我刚教他十来天，他就说学会了，一点都不脸红。小淘气，不要得意，过来，我问你，狼族的暗号是什么？”

毛克利见伯鲁先生啰啰嗦嗦说了一大堆，心中已经不耐烦了，听它让自己回答狼的暗号，急忙张口，脆生生地回答说：“嘿，这种问题还用问吗？要是遇到狼，就说：‘我们是同一个民族，我们拥有同一个祖先，我们身上流着同一种血液，我们是骨肉兄弟啊！’伯鲁先生，对了吧？”

伯鲁先生点点头，接着又问：“如果遇到鸟类，你该怎么说呢？”

毛克利不假思索地说：“鸟类的暗号和狼的基本相同，将后面一句改变一下就行了。”

说完，他学了声鸟叫：“吱——啾！吱——啾！”嗨！与鸟的叫声一模一样。

巴希拉脸上露出赞许的笑容，接着考了他一个难度较大的问题：“嗯，你学得还行，如果遇见毒蛇，你有什么办法呢？”

毛克利像大人似的，装模作样地咳嗽一声，用手摸摸下巴，可他没有胡子，然后用手指捏起嘴唇，发出了蛇一样的叫声：“嘶嘶——嘶——嘶嘶——”

棕熊伯鲁和黑豹巴希拉见毛克利每个问题都对答如流，不由得伸出大拇指连声称赞。毛克利又露出调皮的本性，“腾”的一声，骑到黑豹的背上，一手抓住它的后颈，一手高举，做出挥动皮鞭的样子，嘴里喊了一声“驾——吁——”。嘿嘿，他把黑豹当成骏马了。

伯鲁假装生气的样子，瞪大眼睛，冲他说：“快点下来，没大没小的，你看看像什么样子？”

毛克利骑在巴希拉的背上，冲着伯鲁挤眉弄眼，满脸不在乎的表情。

棕熊无可奈何，摊开双手对巴希拉说：“蛇的语言和暗号不好学，为了教会他，我付出很大的代价。多亏了哈蒂老先生。”

“嗯？哈蒂？你说的是那头大象吧。我知道，据说它200年前，就来到了丛林中，它走过的桥比我们走过的路还多呢！”

伯鲁先生点点头说：“嗯，哈蒂先生上知天文，下知地理。我跋山涉水找到它老人家，将面临的困难一说，它满口答应了。

“由于我年纪大了，蛇的叫声怎么也学不像。没办法，哈蒂先生干脆把毛克利带到水蛇聚集的小河边，指导他模仿蛇的声音。要说毛克利的悟性，也真不简单，只用了一星期的时间就学会了。

“毛克利这孩子只有一点不好，太淘气了。你看看，刚才咱们夸了几句，他一给鼻子就上脸，马上骑在你的身上。要是让外人看见了，这成何体统！”棕熊老先生虽然一本正经地数落着，但仍然掩饰不住内心中对毛克利的疼爱之情。

黑豹巴希拉对毛克利的疼爱与伯鲁相比，有过之而无不及，它任由毛克利骑在背上，高兴地说：“伯鲁先生，丛林中的礼节，他学得差不多了。依我看，他对野兽的语言和暗号掌握得不错，今后即使一个人单独活动，也不会有什么危险。这可是你辛勤培养的结果啊！

“但有一件事，你必须提醒他：要随时注意狡猾、凶残的人类，他们可不管什么丛林礼节和暗号，那是我们最头疼的敌人。”

乱哄哄的猴群

骑在黑豹巴希拉背上的毛克利听他们说到“人类”，就竖起耳朵，专心致志地想听个明白。但他们又谈论别的话题去了。

毛克利还想听，用手揪揪黑豹的耳朵，用脚踢踢它的肚皮。

“毛克利！你在上边干什么呢？”巴希拉生气了，大声骂他。

“你们刚才说到关于人类的事情，是不是？我还想听一听，我与它们挺熟的。”毛克利回答说。

“你与它们挺熟？怎么回事？”巴希拉厉声问道，“你是怎样与它们认识的？”

毛克利不知轻重，骑在巴希拉背上乐呵呵地说：“我跟它们一块玩，所以认识，这有什么奇怪的？我们一起玩捉迷藏，挺有趣的。他们正商量着趁巴希拉和伯鲁不注意时，往你们身上捉几只跳蚤，嘿嘿！好玩吧？”

棕熊伯鲁听了，气得火冒三丈，迅速伸出前爪，一把将毛克利从黑豹的背上拉下来。毛克利见棕熊伯鲁真的动怒了，吓得魂飞魄散，急忙要跑，却哪里来得及，早被棕熊抓住，动弹不得。

他它抬起头正要求饶，看见棕熊伯鲁双眼通红，喷出怒火，吓得连口也张不开了。

只见黑豹巴希拉一跳三尺高，全身的黑毛直直地竖起来，张开像脸盆一样大的嘴巴，露出两排白森森的像尖刀似的牙齿，眼中射出两道锐利的寒光，跳到毛克利面前大吼一声：“毛克利！你是不是认识斑大洛？你说！你是不是经常与它们一块玩？你好大的胆子，你知道不知道，斑大洛品质恶劣，是一些地地道的大坏蛋，我告诉你，以后要再看见你与它们玩，我一定要剥了你的皮，抽了你的筋！”

巴希拉的声音响如洪钟，震得耳朵嗡嗡作响，看到两只非常疼爱自己的动物露出前所未有的凶相，毛克利吓得毛骨悚然，起了一身鸡皮疙瘩。他怎么也不明白，是什么原因，让他们对猴子恨得咬牙切齿。

过了好长时间，棕熊伯鲁和黑豹巴希拉的脸色才慢慢平息下来。巴希拉走到树下，胸脯一起一伏，嘴里大口大口地喘着粗气。

伯鲁的双爪仍然没有离开毛克利的肩膀，但眼中露出了往日的慈祥，它轻声说：“毛克利，不是我们怕你玩，而是怕你与那些猴子们一起玩。那些猴子卑鄙无耻，没一个好东西。谁也不想与它们接触，要是有人看见你跟它们玩，我们也为你感到脸红呢。”

毛克利这时才意识到问题的严重性，吓得哭出了声，抽噎着说：“嗯，我以前不知道，我刚才打了你的鼻子以后，跑到河对岸，一伙与我面目相似的动物跑过来，拉着我的手，递给我许多果子。我就与它们一起玩了一会儿。可是，它们真的像你们所说那么可恶吗？”

“是的。毛克利，给你吃果子的那些坏蛋叫斑大洛，绰号是丛林中的拾荒者，极为无耻。今天是第一次，我们就饶了你。从此以后，不管它们怎样勾引你，你也不要跟它们玩。”

“我知道了，但它们对我很热情，还答应我说，过几年我年龄大了，它们就推举我做首领。”

“胡说八道！它们根本就没有组织，没有纪律，更没有首领。”

“对！伯鲁说得对！猴子们只顾自己的利益，根本不为集体考虑，它们最喜欢的就是挑拨离间。”巴希拉轻蔑地说。

“但是，它们与我长得十分相似，也是站起来走路，并且会上树，它们说与我是一家人，它们会保护我的。我和它们在一起时很开心，我乐意和它们玩。我觉得它们没有骗我。”毛克利一边说，一边扭动肩膀，想从棕熊伯鲁的双爪下挣扎出来。

棕熊伯鲁哪里肯放，它瞪大双眼，爪上加劲，嘴里喝道：“给我好好站着！听我说话！”棕熊的声音沉着有力。

“以前你学过的丛林礼节和飞禽走兽的语言、暗号，没有一条和斑大洛有关，就是不希望你与它们相处。那些猴子成天在丛林中闲逛，不懂半点礼貌。”

“所有的动物都有自己的种族，都有自己的语言，但它们没有。它们都是些软骨头，没有谁瞧得起它们。它们自以为有多么机灵，有多么出色，实际上尽干一些无耻的事情，除了搬弄是非就是挑拨离间。”

“猴子们因为没有首领，因而也就没有组织，每次集会都是大吵大闹，乱七八糟。同时，也没有互相帮助的精神，如果碰上一点好吃的，就会一拥而上，抢作一团。在丛林里谁也不承认它们是一个团结的整体。所以，我们这些正义的种族都不愿与它们同流合污。活的时候我们不愿意和它们打交道，死了也不和它们埋在一块。”

说到这里，棕熊伯鲁停下来喘口气，接着问：“毛克利！我以前给你讲过有关猴子的故事吗？”

“没有，我一次也没听你说过。”毛克利小声说。

“你当然没听过了。你知道为什么吗？我这么干净的嘴，怎能谈论那么卑鄙无耻的动物呢？那些可恶的家伙，我们提都不愿意提起，即使碰上它们，也要远远地躲开。它们为了拉拢我们，经常给我们点小恩小惠，比如送点果子什么的，但我们瞧都不瞧一眼。”

伯鲁先生显然对猴子恨之入骨，说话时一直咬牙切齿。

“毛克利，你若不听我的劝告，继续与猴子玩耍的话，一定会染上它们的坏习惯，到那时，狼族将会把你开除出去！”

伯鲁还要说下去，忽然觉得头上不知落了一件什么东西，伸手抓下来一看，是一根小树枝，急忙抬头向树上望去。只见树上一群猴子嘻嘻哈哈地笑着，叫着，正从树叶中伸出头偷看它们，刚才的谈话一定也让偷听去了。

黑豹见是一群猴子，冲着棕熊大声说：“伯鲁！快点拉住毛克利，防止斑大洛与它接近，快点！”

“好，我明白，我这就抱住他。”棕熊伯鲁先生说完，将毛克利搂在怀中。

“都怪你不小心，让毛克利与它们玩了一回，你应该承认这个错误吧？”

“是，是！都怪我大意。我做梦也没想到毛克利能与它们混在一块。”伯鲁先生的话音刚落，树上又掉下许多枝叶。

黑豹巴希拉怒火中烧，瞪大双眼，龇牙咧嘴地向树上吼道：“卑鄙的东西！还敢胡闹！当心我教训你们！”

那些猴子见黑豹巴希拉发怒，知道它的厉害，悄无声息地躲在茂密的枝叶中，不再胡闹。刚才乱哄哄的场面马上就结束了，四周沉静下来。

“这个地方已经被他们污染了，巴希拉，我们快点离开吧！毛克利，从今以后，你千万不要到这棵大树下面。”说完，黑豹巴希拉与棕熊伯鲁抱着毛克利迅速离开了。

猴子是丛林中最可恶的动物，棕熊伯鲁对他们的评价完全正确。它们与其他走兽不同，很少在地上走动，经常在树上活动，所以平时不与其他动物见面。猴子认为自己头脑聪明、本领高强，想统治整个丛林，因此，不时地惹是生非，妄想征服其他动物。

一旦遇到狼、豹、熊等动物面临灾难，它们就成群结队地跑过去，幸灾乐祸地哈哈大笑；若遇到野牛、大象等身体高大的动物，就从树上扔一些东西下来，以引起别人的注意。

然而，无论它们怎样胡闹，谁也懒得理会，它们气急败坏，大呼小叫，甚至露出红屁股叫喊：“来！哪个厉害的敢上来与我们见个高低！”

猴子中间经常产生内部矛盾，这种矛盾如果口头不能解决，就会引起武力冲突，也会带来伤亡。它们把死者的尸体抛在显眼的地方，为的是让别人了解它们。实际上这种愚蠢的做法，只能给别的动物增加笑料，对它们更加反感。但猴子意识不到这一点。

猴子们有时心血来潮，就大张旗鼓地召开一次会议，制定一些规章制度，选举一位头领。但它们记忆力极差，用不了几天就把选出的头领和制定的规章制度忘得无影无踪。

因此，到现在为止，它们仍然没有一位头领，也没有一个制度。但猴子们的自我感觉不错，自认为机智过人，才华出众。因而处处摆出一副目中无人，不可一世的架势。但越是这样，其他动物越讨厌它们。

下午碰巧毛克利同他们玩了一会儿，又收下它们的果子，猴子们非常兴奋。当棕熊与黑豹抬头喝骂时，它们还以为是讨好自己呢，更加得意洋洋。

毛克利他们离开后，猴子也兴高采烈地四散走开了。猴子们心中，根本不考虑以后的事情，只要遇上一件自认为有趣的事，它们便忘乎所以了。

有只老猴子是个例外，头脑还比较清醒。它对别的猴子们说：

“我觉得毛克利的相貌与众不同，他的长相与我们猴子十分相似。前些日子，他就引起了我的注意，我开始秘密跟踪他。几天来，经过仔细的观察，我得出一个结论。”

说到这里，那只老猴咳嗽了一声，接下来又说：“大家都知道，我们的双手特别灵巧，但毛克利的手更加灵巧，比我们强好几倍。他可以用树枝编成草帽和篮子，还可以编成其他的东西。这就是我得出的结论。

“我想出一个主意，让毛克利加入我们的队伍，给我们编织一块凉席，你们同意吗？”

那些斑大洛听了，齐声叫好，都举手赞成。

毛克利当然不可能知道，实际上他出生于一个木匠世家，他的父亲对手工艺非常精通，他天生就继承了这种技术。

这几天天气太热，他无师自通，编成一块凉席。秘密跟踪的老猴子瞧得清楚，马上召集来一群伙伴，大声提议：“兄弟们！刚才毛克利熟练地编好一块凉席，谁能想个好办法，让他加入我们的队伍？”

猴子们听了，蹲在地上，抓耳挠腮，苦思冥想，但半个钟头过去了，那些愚蠢的家伙没有一个能想出好办法。

这时，一只体格健壮的雄猴站出来，它认为自己比别人更加聪明，可以想出一个让毛克利加入的好办法，它正准备开口说话，却又没了主张，只好站在那儿摇头晃脑，左顾右盼，引起了其他猴子的哄堂大笑。可雄猴也不觉得脸红，仍然装模作样地思考着。

老猴子见没人开口，又发话了："兄弟们！毛克利本领高强，有能力、有资格做我们的头领，在他的领导下，我们会成为一个团结的整体，内部力量也会大大加强，在不久的将来，就会称霸整个丛林。

"到那时，阿克拉，黑豹巴希拉，棕熊伯鲁，还有其他野兽，统统是我们的臣民。就连瘸虎邪汉，也得乖乖听从指挥。我们是最出色、最伟大的民族！因此，我们要不惜代价、不择手段、千方百计地将毛克利拉拢过来，推举他为头领，带领我们去完成辉煌的事业！"老猴子的这番高谈阔论豪迈有力，说到后来挥舞双爪，情绪激昂，有点煽风点火的样子。

斑大洛们听了老猴的话，心中十分赞成。但为了证明自己高人一等，嘴上齐声反对："毛克利浑身光溜溜的不长一根毛，尽管相貌与我们十分相似，但不属于同一个种族。"

"选举首领是一件隆重的大事，我们可不能掉以轻心！"

其实，他们的话自相矛盾，自己却满脸得意的神色。

老猴子装出一副认真听取的模样，心中却盘算着如何将毛克利吸收过来。群猴继续七嘴八舌地议论着，他们都以为自己的想法高明，场中乱呼乱叫，一片乌烟瘴气。

老猴开始一言不发，到后来觉得差不多了，站起身，大声叫道："大家停一下！停一停！根据大家发表的意见，我给做个归纳总结，现在郑重宣布：一定要把毛克利吸收到我们的队伍当中来！"

这一下可是出人意料，猴子并没有像以往一样反对，一个个哑口无言。那只刚才还强烈抗议的雄猴，听了老猴子的宣布，马上拼命地鼓掌，对它的决定表示赞成。其余的斑大洛也跟着起哄，口中大叫："好啊！好啊！"

老猴子一看有那么多的同伴响应，越发来劲了，马上摆出一副长官的姿态，挥动手臂，大声鼓动："走吧，我们现在就去，躲开讨厌的棕熊和黑豹，秘密地将毛克利抢回来！"

说完，它又叫过10只身体强壮的猴子，做战前动员："你们都是猴群中的英雄，战斗时要勇往直前，不怕流血、不怕牺牲。棕熊伯鲁和黑豹巴希拉都是凶猛的敌人，但我们也不要害怕。勇敢地闯进敌人的阵地，把毛克利从他们的魔爪下解救出来，做我们的首领，帮助我们实现宏伟的目标！走吧，马上出发！"

听了老猴子不伦不类而且带有鼓动性的号召，斑大洛们热血沸腾，雄赳赳气昂昂地出发了。

猴子们边走边搜索，在一棵大树下看见了毛克利，顿时，猴子们的心跳加快，脸色大变。

只见一棵参天大树下，毛克利正四仰八叉地睡大觉。头上渗出一粒粒细小的汗珠，在阳光的照射下，好像一颗颗晶莹的珍珠。

此时正是中午时分，棕熊伯鲁和黑豹巴希拉躺在一边，嘴里打着响亮的呼噜，看上去睡得正香。几只昆虫在他们面前飞来飞去，发出"嘤嘤"的叫声，但他们浑然不觉。

即使这样，猴子们慑于熊和豹的威力，都不敢轻举妄动，只是在远处探头探脑地窥视，等待时机来临……

"惹人讨厌的熊和豹如果不在跟前，就可以省不少麻烦！"他们心中这样想。

毛克利被抢走了

棕熊伯鲁和黑豹巴希拉知道毛克利与猴子玩耍，大发雷霆，狠狠地把他训了一顿。他们在旁边监视着毛克利，让他好好反思。

毛克利也知道犯了错误，不敢违抗他们的命令，静静地坐在地上，回味着棕熊伯鲁和黑豹巴希拉的教诲……

烈日当空，燥热难当。偶尔有一丝轻风吹过，夹杂着小草和泥土的香味，让人舒服极了。

忽然，毛克利觉得身子轻飘飘的，好像是飞了起来。他猛地惊醒，睁眼一看，原来是一群猴子抬着自己在树枝上飞快地奔跑。自己的四肢被他们抓住，仰面朝天。面前是蔚蓝的天空，身下是茂密的枝叶，手臂和脸庞被那些晃动的枝叶刮得生疼。

毛克利吓得魂飞魄散，心脏咚咚地跳个不停。要不是在丛林中居住了几年，马上就会吓得昏迷不醒。他又急又气，放开喉咙大声叫喊："干什么！干什么！快放我下来！快放我下来！"

一边喊着，一边拼命扭动身体。可抬他的是两只年轻力壮的雄猴，力大无比，毛克利根本不可能挣脱开来。

"我被猴子抬走了！巴希拉！快来救我吧！他们把我抬走了！救命呀！"毛克利的呼救声，把棕熊伯鲁和黑豹巴希拉从睡梦中惊醒，它俩一翻身从地上爬起来，嘴里发出惊雷般的怒吼。

巴希拉瞪大眼睛，露出凶光，扑到大树下面纵身一跃，可没爬到一半，又跌在地上。又肥又胖的棕熊伯鲁龇牙咧嘴，满脸通红，用又厚又大的前掌不停地拍打着大树，树上的枝叶猛烈摇晃，转眼间，就洒落了一地。

猴子们在树上看得真切，一边继续逃跑，一边哈哈大笑："你们瞧瞧，这么厉害的黑豹和棕熊也在仰望我们，一脸尊敬的表情，对我们是多么崇拜啊！哈哈！哈哈！"

猴子们眉飞色舞，心花怒放，在树顶上奔腾跳跃着逃向远处。实际上，不要说豹和熊，就是狼群的首领阿克拉也不会上树，他们怎能追得上敏捷的猴子。两只动物毫无办法，只有在地上暴跳如雷，破口大骂，眼睁睁看着毛克利被劫持而去。

丛林中的树木，至少也有二三十米的高度。长年累月，由于不计其数的猴子在上面奔走，树叶已落得一干二净，只留下光秃秃的树枝。与其他动物在地上行走的道路基本相同，还设置了一些交通标志。因此，不论到哪个地方，猴子们也能清楚地识别出方向，甚至比地上的道路还要方便得多。

两只年轻力壮的雄猴，像表演杂技一样，抬着毛克利，接连不断地跃过一棵棵大树，向前奔去。开始的时候，毛克利感到浑身难受。但他是个喜欢刺激的调皮鬼，看见在空中不停地跳跃，一会儿又觉得十分有趣，不由得兴奋起来。

他扭头朝地上一看，马上又吓得脸色惨白。身体每落到一棵树上时，就会被树枝高高抛起，弹向下一棵树顶。抬他的雄猴不管他有多么害怕，只是没命地逃跑。

如果踩在比较细的树枝上，树枝立即折断，猴子在快要跌下去的时候，迅速地用后爪挂住下一棵树的枝叶，然后再荡上去。两只雄猴配合得十分巧妙，整个就像荡秋千一样，上蹿下跳，左右腾挪。吓得毛克利大气也不敢出。

10多只猴子紧紧跟在身后，一边跳跃，一边叽叽喳喳地乱嚷乱叫。时间一长，毛克利心中的恐惧慢慢消失了。脑袋飞快地转动起来："这些家伙为什么要抢我？他们要跑到什么地方？我得想条妙计，尽快通知黑豹巴希拉和伯鲁先生，让他们知道我的下落，赶快前来搭救。

"可是，我该怎么办呢？他们现在一定急疯了……噢，对了，我可以往下扔点东西，黑豹和伯鲁就知道我走过的路线了。

"但我只有光身一人，什么东西也没带。只好找个人帮忙吧，让他给巴希拉或伯鲁捎个信，我就可以得救了。"

想到这里，毛克利扭头向下一看，只有光秃秃的树枝，地上什么也没有。是啊，天气这么热，动物们都躲在洞中休息，谁乐意出来晒太阳啊！毛克利失去了信心，两眼直直地看着蔚蓝的天空。

长时间的奔跑，加上对巴希拉和伯鲁的畏惧，猴子们也筋疲力尽了。看到前面有一棵大树，便跳到上面，停下来休息。两只年轻力壮的雄猴不敢大意，仍死死握住毛克利的四肢。

正在这时，远处的天空出现了一只飞翔的小鸟，慢慢地向这棵大树飞来。到了近处，毛克利认出是一只飞鸢。

这只飞鸢名叫智儿，它肚中感到饥饿，出来搜寻食物，在空中看见一群猴子抬着一个动物在树上休息，便飞了过来。毛克利一下子激动起来，他想只要飞鸢愿意为他报信，巴希拉和伯鲁马上就会来搭救自己。

他不露声色，运用伯鲁先生传授的语言和暗号，模仿飞鸢的嗓音高喊："嗨！朋友！我们属于同一个民族，我们拥有同一个祖先，我们身上流着同一种血液，我们是骨肉兄弟啊！"

"吱溜溜——吱溜溜——"

正在空中盘旋的飞鸢听到同伴的暗号，抖动双翅，"扑"地一头扎下来，没有同伴，只见一群猴子劫持着一个小孩，小孩惊恐的眼睛里露出乞求的目光。

飞鸢心中诧异。马上用暗号说了一句："是谁叫我呢？"

它的话声刚落，猴子们又抬着毛克利向前跃去。智儿明白了，其中一定有什么问题。立即展翅赶上，又看见毛克利乞求的眼神。

"嗨！智儿先生！刚才是我叫你。我被这些斑大洛劫持了，你跟着他们朝前飞，看他们要把我带到什么地方。然后请你给黑豹巴希拉和棕熊伯鲁送个信，告诉他们我藏在哪里！让他们快点来搭救我！拜托你了！"毛克利用暗号高声地请求飞鸢。

智儿振动双翅，紧紧跟上，在空中说："嗨！我听懂你的话了，你怎么称呼？属于哪一个种族？"

"我是狼族里的，名叫毛克利，就是青蛙的意思！快跟上他们飞吧！"

毛克利的名字，飞鸢智儿以前听别人提过，但从来没与他见过面。

从天空向下望去，一眼望不到头的丛林好像一块碧绿色的大地毯。地毯上有几个黑点接连不断地向前跃去，好像几颗充足气的皮球。那是猴子们劫持着毛克利没命地奔逃。

飞鸢智儿在天空上一边追，一边自言自语说："这些卑鄙下流的家伙，不知又想要什么花招，反正没有好事情。他们要把毛克利劫持到什么地方呢？看样子不会伤害毛克利。

"这些斑大洛们只凭感情用事，不能善始善终，说不定马上就把他放开了。他们的胆子可真不小，居然不怕巴希特和伯鲁的厉害，等着瞧吧，有你们的好果子吃！"

说到这里，飞鸢智儿又往高升了一截，睁大锐利的双眼，观察好猴子们的逃跑方向，折回身，给巴希拉和伯鲁报信去了。

毛克利被猴子们劫持之后，黑豹巴希拉和棕熊伯鲁因不会爬树而无法追赶，眼巴巴地看着猴子们跑得无影无踪，气得在树下大喊大叫，团团直转。

巴希拉一肚子怒火无处发泄，埋怨伯鲁说："我不是告诉你了吗？你为什么不提醒毛克利，叫他注意呢？"

"我已经提醒过毛克利了，谁知道这些无耻的猴子狗胆包天，居然趁我们睡觉的时候，敢跑到这儿撒野！"伯鲁垂头丧气地说，"要不，我们快点去追吧！巴希拉！"说着，伯鲁就要迈步。

"你回来！不要去！要是逼得急了，恐怕那些家伙会将毛克利扔下来。我们得想个有效的对策。"

听巴希拉这样说，伯鲁心中难过，哭着说："这责任在我身上，我真是个笨蛋，睡觉就像死猪似的。毛克利说不定现在已经被他们扔下来了，多么惹人喜爱的孩子呀！……这些可恶的斑大洛，如果毛克利有个三长两短，我与你们势不两立！唉！我为什么这么大意呢？我为什么不加强防范呢？我好后悔啊！"

又肥又胖的棕熊伯鲁捶胸顿足，呼天抢地，那样子既悲伤又好笑。

巴希拉见它哭得伤心，胸中的怒气消了不少，用温和的口气劝它说："不要哭了，这也不能全怪你，毛克利十分机灵，或许能对付了那帮坏蛋。"

"即使逃出来，这么大的丛林，他能认识回来的路吗？"

"他已经学会了飞禽走兽的语言和暗号，如果不认识路，可以向别的野兽打听。"

"我怕他一时慌乱，想不起鸟兽的语言和暗号。"

"喂！你是怎么搞的？为什么尽说些倒霉的话？"

"我不是希望他倒霉，我是担心啊！……唉！毛克利，可爱的孩子……"说着，伯鲁又哭开了。

"不要哭了！哭也不起什么作用。再说，你也不怕别人耻笑？"

"哇！……哇！我顾不了那么多，我的毛克利呀！"

"你放心吧！毛克利不会受到伤害的。他智力非凡，手脚灵活，具有随机应变的能力，只是那些讨厌的猴子可以在树上逃窜，这个问题不好解决。"巴希拉说完，低下头皱眉沉思。

伯鲁见巴希拉一脸愁相，心中不好受，也去考虑该怎样搭救毛克利。他们俩一句话也不说，只是唉声叹气，各自在心里盘算着。温厚的棕熊伯鲁知道巴希拉脾气暴躁，向它看了一眼，巴希拉一抬头，伯鲁赶紧收回目光。

时间一分一秒地过去了，天色渐渐暗下来。养好精神的野兽们一个个从洞中钻出来，开始去猎取食物。从林中又热闹起来。一些昆虫飞来飞去，嗡嗡的叫声传入伯鲁耳中。

一条颜色鲜艳的小蛇，倏地从他们脚下游过，钻入草丛中。

棕熊伯鲁眼睛一亮，拍拍脑门说："哦！我想起来了。哈蒂老先生以前告诉我过：一切野兽都有自己的天敌。蛇就是猴子的天敌。你认识卡阿吗？就是那条大蟒蛇，只要有它出马，斑大洛们马上狼狈逃窜。无论多么高大的树木，卡阿轻而易举就可以爬上去。猴子们吃尽了苦头，对它怕得要命。我们快去请卡阿，让它帮我们救出毛克利。”

“是这样的吗？让我再想一想。它有那么厉害吗？与我们关系不很密切，还不一定乐意呢。再说，一看见它那双眼睛，我就浑身起鸡皮疙瘩。”

“它确实厉害。它年龄大了，不勤快，每天吃不饱，所以看上去眼睛有点恐怖。要是答应它，救出毛克利后给它送点礼物，它一定会乐意的。”

“可是，它又馋又懒，听说每次吃完食物，都要歇上好长时间，睡在家中消化呢。如果现在还没睡醒，可如何是好啊！”

“你想的太多了，像这样缩头缩尾、怕前怕后，将会一事无成！”

“卡阿与我没接触过，我不敢贸然前去。假如它不答应，我们就白费心机了。”

“你说的也对，不管怎样，也要让它答应，别人没办法救出毛克利。走吧，我们去尽量央求它。”

伯鲁抬起前爪，亲热地拍拍巴希拉的脖颈。巴希拉舔舔嘴巴，伸了个懒腰，不情愿地站起身，与伯鲁一块请大蟒蛇卡阿去了。

大蟒蛇助阵

“大蟒蛇卡阿哪去了？你们看见了没有？”

“请问一下，你看见大蟒蛇卡阿了没有？它住在哪里？”

黑豹巴希拉和棕熊伯鲁在丛林中寻找卡阿，他们遇到动物就打听，但谁也不知道。10来天过去了，连它的影子也没找到。巴希拉和伯鲁心急如焚，寻遍了方圆100多千米的山洞、河流、草丛……但仍然没有找到。

这天晚上，他们终于见到了大蟒蛇卡阿。卡阿的身上是黄色和灰色相间的条纹，还夹着一些红色的小圆点。它正卧在一块青色的大石头上，观赏天边刚刚升起的月亮。

半个月前，又到了卡阿的蜕皮时间，它一直待在石洞里，没与外界接触，因此，谁也见不着它的踪影。卡阿刚蜕下的皮像一个圆形口袋，悬挂在一棵大树上。大蟒蛇卡阿慢慢地蠕动着身子，大头高高地昂起，鲜红的舌头吐来吐去，正在想着晚上到哪儿去找点吃的。

棕熊伯鲁用极低的声音说："卡阿刚好换了新皮，大概需要补充点食物。如果我们答应给它几只绵羊，必然十分高兴。可我们不能大意，它刚蜕下旧皮，视力下降，脾气不好，威力不小啊！"

蟒蛇与毒蛇不同，没有毒，但卡阿力大无比，不管什么动物，一沾上它的尾巴，就没命了。

黑豹和棕熊听觉在一旁的草丛里，屏住呼吸，眼睛死死盯住卡阿。伯鲁先生用蟒蛇的语言发出暗号，热情地向卡阿问候。

蟒蛇的耳朵不灵敏，因此卡阿没听见它的问候。

"你好！卡阿兄弟！你好！"

棕熊伯鲁没办法，只得忍着性子又向卡阿问好。

这一次，大蟒蛇有了反应，飞快地扭过头，眼睛向这边望过来。"哦！是老朋友啊，伯鲁，你好！哟！巴希拉兄弟也来了，你们俩有什么事啊？我已经好几天没吃饭了，你们带着什么好吃的，快给我一点！"大蟒蛇卡阿说完，就笑起来，声音极为刺耳。

"我们没有什么事，只是在丛林中找一些食物，恰巧经过这里，顺便看看你。"伯鲁先生装出无所谓的样子，它熟悉卡阿的脾气，你越求它，它的架子越大。

"那好啊！咱们一起去找食物。"

"哎！行！"

棕熊应了一声，脑子飞快转动：得想个法子，激起卡阿的怒火，让它心甘情愿地去攻击斑大洛。

“好！咱们现在就出发。你们倒好，什么时候饿了，马上可以吃东西。而我却惨了，即使肚中饥饿，也得等一段时间才能吃食物。”大蟒蛇卡阿饿得快支持不住了，接着说。

“这几年，我非常窝火，连只猴子都吃不上。许多树木枯朽了，没等爬上去就断成两截，有几次差点摔坏。”

“你的体重又增加了吧？”

“我的重量虽然不轻，但以前没有遇到过危险。我的头和尾巴都可以牢牢地卷住树枝，如果有一端树枝折断，我的另一个部位也可以将身体吊在树上。上一次就碰到这种情况，虽然没有掉在地上，却惊动了树上的猴子。他们那个高兴劲呀，就别提了，羞得我恨不得找一条地缝钻进去，现在说起来，我还生气呢！”

伯鲁听卡阿大骂猴子，急忙接过话说：“嗯！能不生气吗？那些无耻的猴子成天搬弄是非，说长道短，那一天，还说你的坏话呢，真是胆大妄为！”

“他们敢说我的坏话？”卡阿瞪大双眼问。

伯鲁见卡阿眼露凶光，不露声色地接着说：“其实也没说什么，老兄你宽宏大量，别跟他们一般见识，那些家伙，谁的坏话也敢说。”

“伯鲁！他们怎么说的，你告诉我！”

“哦！你听听就行了，千万别往心里去。大约20天前，斑大洛们说：‘大蟒蛇有什么了不起？卡阿上了年纪，已经不行了。再也不像以前那样神气，现在见了公羊头上的角都害怕，只敢欺侮那些温驯的小绵羊。’卡阿兄弟，那些家伙说你上了年纪，精神不如过去了。”

“嗯？他们竟敢这样说我？”

“哎，别去计较，别去计较！”

通常，蟒蛇的克制能力比较强，一般情况下不会发脾气，现在卡阿却生气了。但它毕竟年龄不小了，修养又深，因而一会儿又平息下来说：“那些坏蛋已不在原来的地方居住了。两天前，我在那边闲逛，听见他们在树上集会，差点把我的耳朵吵聋。”

“其实，我们跑到这儿就是要搜寻那些家伙。”

“搜寻他们？为什么？你们在丛林中的名誉那么好，怎会和那些败类牵扯在一块儿？”

“唉，猴子们劫持走一个人类的孩子，而那个孩子属于狼族，也是我的学生。关于那个孩子的情况，你知道吗？”

“听说过一些，刺猬乙奇说的。那家伙经常捕风捉影，听风便是雨。事情本来只有针尖那么小，它却说得比房子还大。所以我有点不相信。”

“乙奇没有胡说，事实就是那样的。那孩子非常机灵，十分惹人喜爱，我传授他一些丛林礼节，你若不相信，可以问巴希拉。”

“说的没错，那孩子聪明伶俐，我也很疼爱他。”巴希拉附和着说。

“究竟是什么原因？那些讨厌的家坏怎么会劫持这么好的孩子呢？我真想不明白。你们俩如此凶猛，莫非当时不在跟前吗？”

“唉！真丢人！一下子说不清楚，等以后再告诉你吧。目前必须要做的是想方设法救出孩子。整个丛林中，除了你，谁也对付不了它们。”

“对！完全正确！他们一听到我的名字，马上就胆战心惊、抱头鼠窜。”大蟒蛇一副神气的样子。

“我们这几天可吓坏了，那些坏蛋反复无常，又没头脑，我担心它们哪天不高兴，把孩子从树上扔下来。”

“就是嘛！我们这几天吃不下饭，睡不着觉，成天忧心忡忡啊！”

“我们没有办法，因此来请你出马。你也是它们的敌人，那些家伙还将你比喻成一条蚯蚓。你就答应了吧，帮我们救出那个可爱的孩子。”

“好家伙，太猖狂了，居然把我比作蚯蚓，不给点颜色瞧瞧，它们还不知道我蟒蛇的本领。”

“卡阿兄弟，这么说，你愿意帮这个忙了？”棕熊伯鲁高兴得跳起了肥胖的身体。

“我愿意帮助你们，可是那些家伙现在躲到什么地去了？”

“我们不太清楚，大概在西边吧。我还以为你知道它们的去向呢。”

“我也不知道。该怎么办呢？”卡阿说着，陷入沉思之中。

正在三个动物无计可施的时候，天空中传来一个尖利的鸟叫声：

“吱溜溜——吱溜溜——伯鲁！我在这儿呢！吱溜溜——吱溜溜——、伯鲁！”

听见鸟叫，巴希拉、伯鲁和卡阿同时抬头向天空望去，啊！是飞鸢智儿。智儿在天空盘旋几圈，向他们直冲下来。

这时，太阳快要落山了，天边的晚霞一片火红，智儿的翅膀也被染成红色，从远处望去，光彩夺目，十分好看。

“嗨！智儿！我们在这儿呢，你过来，找我有事吗？”棕熊伯鲁大声问。

“我有急事要告诉你。我碰见了毛克利，他被猴子劫持而去。我追随他们飞了好长时间，它们已经过了那条大河，到达前边的猴子城，不知是长期待在那里，还是歇一会儿就走。毛克利托我给你送信。

“天一黑，我的眼睛就不管用了。那里有我的朋友蝙蝠满克盯着，所以我才抽开身来通知你们。没有其他事情，我得回去。再见！巴希拉！再见！伯鲁！你们快点行动，祝你们一切顺利！”

“飞鸢智儿！麻烦你了。谢谢你给我们带来毛克利的消息，我们回去以后给你送些礼物，以表达对你的谢意。”

“你们的好意我领了，不必送什么礼物。赶快去救人吧！毛克利在危急时候，非常镇静地用暗号联络我，机智勇敢，胆大心细，真是一个好孩子，快去救他吧！”

智儿说完，扇动双翅，转眼间消失得无影无踪。

伯鲁听智儿称赞毛克利临危不乱，心中喜悦，眯起眼睛笑着说：“哈哈，毛克利还记着动物的暗号呢！嗨！巴希拉，一般动物让猴子抬到树上，早吓得晕过去了。毛克利却镇定自如，想出联络智儿的办法，给我们搭救他提供了准确的线索，这孩子了不起啊！”伯鲁高兴得不知该说什么才好。

“是！就是非同一般，与你的辛勤培养有很大关系啊！我们抓紧一些，不要浪费时间，马上出发吧，卡阿兄弟，麻烦你了，咱们一块儿上路吧！”

“行！我与你们走一遭。”大蟒蛇卡阿嘴上答应着，盘卧着的身子伸展开了。

猴子居住皇宫

猴子城坐落在一片荒滩上，很早以前那儿是一个繁华的闹市，几经变迁，现在破乱不堪，一片荒凉，失去了往日的光彩，因此人们称那儿为“荒凉的坟墓。”在荒滩上，草木干枯，沙土成堆，偶尔有几个小池塘，里边有一些少得可怜的水。一些破旧的石塔高楼东倒西歪，摇摇欲坠，勉强可以居住。

那里经常狂风大作，飞沙走石，天昏地暗，使人感到阴森恐怖，毛骨悚然。碰到干旱季节，其他河流、小溪没水的时候，有一些动物就到这里的池塘喝点水解渴。平时谁都不愿光临这个地方。斑大洛们与其他动物关系恶劣，没人愿意与他们作为邻居，它们只好在这荒滩上居住，这样一来，到这儿的野兽更少了。伯鲁、巴希拉和卡阿一次也没来过。

“我估计，咱们以最快的速度，也得走四五个小时。到达猴子城，就是半夜时分了。”巴希拉想了一会儿说。

“太迟了，怎么办呢？”棕熊伯鲁身躯肥大，知道自己跑不快，焦急地说。

“我与卡阿先去，你在后边慢点走。”话音刚落，巴希拉马上奔跑起来。

大蟒蛇卡阿毫不示弱，蠕动着身子向前游去，黑豹巴希拉都快要追不上了。巴希拉跳过枝藤，奔上山坡，跨过小溪，跃过山沟，向前疾驰而去。大蟒蛇卡阿身体贴着地面，飞快地一伸一缩，走过的野草和沙土留下一条深深的痕迹。

棕熊伯鲁跟在后面，虽然使出浑身力气，但因身体肥大，没多长时间就大汗淋漓，气喘如牛，被远远地抛在后面。

“伯鲁追不上了！”

“噢，不要管它，我们快走吧！”

一条宽阔的河流横在面前。黑豹巴希拉的爪子准确地踏着露出水面的大石头，几个腾跃，就上了对岸。大蟒蛇卡阿一头扎进水里，劈波斩浪，好像水中蛟龙，片刻之间，也游到岸边。

巴希拉吃了一惊，随即大声称赞：“卡阿兄弟，你在水中的身手不凡，速度不慢啊！”

“还算过得去吧。肚子饿得不行了，我们快点去吧，吃它几只猴子解解馋，这些不知天高地厚的家伙，居然把我比作蚯蚓，待会儿让它见识见识我的厉害，打它个落花流水。”卡阿全力爬行，别的什么也不管了，只想着填饱肚子，解解嘴馋。

“加快速度！加快速度！迟了恐怕毛克利要受伤害。”黑豹巴希拉心想。

天色已黑下来了，丛林中一片漆黑。“腾腾腾”、“噔噔噔”，黑豹巴希拉和大蟒蛇卡阿仍在没命地赶路。

猴子们劫持毛克利回到自己居住的地方，也就是荒凉的坟墓。他们欣喜若狂，拍手称快，把伯鲁和巴希拉早忘得一干二净。

毛克利以前从没到过猴子城，睁大眼睛东张西望，感到非常奇怪。他自生下来以后，就生活在茂密的丛林中，这里虽然是一片荒凉，但那些破旧的石塔高楼，他从未见过，因此觉得十分神奇。

这片荒滩上，古时候是印度王国的都城，虽然经历了多年的风吹、日晒、雨淋，但依稀可辨昔日的辉煌壮丽。石塔、高楼、街道……都留有过去的痕迹。

这些古老的建筑矗立在荒滩杂草中，在黑暗的夜幕下，给人一种冷飕飕的感觉。说不尽的帝王将相，道不完的沧海桑田，古代印度王国的国王和文武百官，做梦也不会想到他们的宫殿会成为猴子们的栖身之地吧！如他们地下有灵，将会发出如何的感叹呢？

猴子们住在这些宫殿里，虽然不明白这是什么东西，但感到非常骄傲。猴子们在宫殿的大厅中高谈阔论，嘻嘻哈哈。他们经常为一个简单的问题争得面红耳赤，不可开交，争论的双方一言不合，就会大打出手，头破血流。可过不了多长时间，又和好如初。猴子们这些无意义的争论和打斗的场面，别人看来十分无趣，感到厌恶，而他们却浑然不觉，沾沾自喜，以为别人羡慕他们呢！

猴子们有的到池塘里玩水，有的在地上疯跑，有的四五个凑在一处，没完没了地争论些莫名其妙的问题……群群伙伙，不成体统，哪有半点集体主义精神？

但他们的脑袋里存在着一个相同的、滑稽的认识：在整个林中，没有任何一种动物能比上我们。我们身体健壮、品德高尚、本领高强，我们是上帝派来的救世主，别的动物都应该听我们的安排和指挥。

毛克利在公狼和棕熊的熏陶下，虽然天生活泼顽皮，但也懂得为人处世的原则和丛林中的礼节，对猴子这种乱七八糟、乌烟瘴气的环境，实在不能适应。

由于猴子们一直严密监视着，他逃跑了几次都没有成功。猴子们回到小城后，没日没夜地大吵大闹，跳来跳去。他们跳舞时实在可笑，晃晃脑袋，挠挠耳朵，跺跺脚，踢踢腿，扭扭屁股，摇摇尾巴……既无节奏，也不优美，丑态百出。

老猴子又想显示一下，大声说："朋友们！先停下来，我说几句。毛克利的双手灵巧，可以编织草帽和凉席，今后，就让他教会我们，我们的生活水平将进一步提高，可与人类一争高低。所以说，抢回毛克利的意义重大，是我们向人类迈进的一个重要里程碑。"

老猴子滔滔不绝地讲着一些自己也弄不懂的话。其他猴子听了如坠入云雾里，但都假装听得津津有味。

毛克利站在旁边不想听，闲着无事，捡了一些树枝，开始编织。

正在听老猴子讲话的猴子们见了，都捡了一些树枝，围在毛克利身边，向他学习。老猴子一看听众都跑光了，也不生气，躺在一张桌子上，一会儿就响起了鼾声。

猴子们学了一会儿，觉得太麻烦了，又四散跑开，继续争论那些毫无意义的问题去了，大厅内马上恢复了刚才的喧闹。

"有没有食物，我肚子饿得不行了，给我吃点吧！"

那些猴子听了毛克利的话，比自己肚饿还着急，飞快地跑出大厅。一会儿就带回许多树上的果子，正准备交给毛克利时，有两个家伙吵了起来，并且动开手，其余猴子一齐参战，把带回的果子扔了一地。

毛克利大声骂："真是神经病！废物！我出去看看有什么食

物，不用麻烦你们了。”

毛克利饿得脸色苍白，浑身无力，拖着沉重的双腿，来到马路上，鼓起精神大声说：“嗨！朋友们！帮个忙吧！我们那儿找不到吃的了，我已经好几天没吃饭了，让我进去找点吃的吧！喂！给你们添麻烦了！”

毛克利按照丛林中的礼节喊了好长时间，但没有人答应。

“伯鲁先生不是诬赖他们，这些猴子没有礼貌，不懂规矩……饿得不行了，我得想方设法逃出去。”

毛克利高抬腿，轻迈步，悄悄向猴子城外走去。刚要出城时，猴子们觉察到了，追上来将他抓住，又带回宫殿的大厅内。

“整个丛林只有这一座小城，待在这儿多舒服啊，你是不是有点不满意？跑到别的地方有什么意思？”猴子们七嘴八舌地将毛克利训了一顿，还七手八脚地揪他的衣服。

毛克利气得咬牙切齿，心知打不过他们，只得忍气吞声。

后来，猴子们把他拉到一座高台上。站在高台，向下一望，只见下面有一个池塘，里面有些水。一个世纪以前，印度的一位公主耗费了大量的人力、物力和财力，在池塘边建起一座豪华的圆形石塔，在里面寻欢作乐。

塔的上部已经面目全非，但隐约可见遗留下来的珍珠，在月光下闪闪发亮，从而可以想象到当年的辉煌。

猴子们押着他又来到石塔下，围在他身旁，你一言，我一语说开了：“丛林中的动物谁也比不上我们，我们身体灵活，大脑发达，你与我们在一起可就享福了！”

“棕熊和黑豹又笨又蠢，你与他们在一起不感到羞耻吗？”

猴子们叽叽喳喳，把自己捧上了天，拉拢毛克利加入猴群。

“我们是上天派来的救世主，所以才有资格住在这个美丽的地方，你就加入我们的队伍，和我们住在一块儿吧。”猴子们唾沫四溅，说得天花乱坠，毛克利听了头昏脑涨，急忙捂住耳朵。

猴子们不嫌舌干口燥，继续吵吵嚷嚷。“众所周知，我们是最优秀的种族，其他动物都是乌合之众，提也提不起来。毛克利，你知道不知道，我们这个种族最团结，势力最大，最了不起，所有的野兽都怕我们，见了我们都得点头哈腰。还有，我们最善于……”

所有的猴子脸不红、心不跳地说“我们……最……”，来显示各自的才华。毛克利虽然捂住了耳朵，但那些猴子们的声音又尖又亮，仍然有许多废话传进耳朵，他听得昏昏沉沉，头皮都要炸破了。

猴子们还没尽兴，一句接着一句，你的话音未落，我的叫声又起，还有一个家伙讲得太快了，竟然上气不接下气，口吐白沫，眼珠一瞪，晕了过去。

毛克利心想：“这些家伙的舌头还真行，也不觉得累，是不是都被大巴希咬过，患上了那种疯狂病。唉，烦死了，我看他们到底能吵多长时间，晚上总得睡觉吧，我可困了。”

想到这里，毛克利仰起头，叹了一口气。

“嗨！天上的云彩不少啊！再多点，再多点！快把月亮遮住！快把月亮藏起来！”毛克利看到天上的云彩和月光，心中闪过一个念头。要是没有月亮，在夜幕的掩护下，他就有机会逃出猴子的魔掌。

毛克利不知道，这时候黑豹他们已经来了。

黑豹巴希拉和大蟒蛇卡阿马不停蹄，已经赶到猴子城，他们也希望乌云把月亮遮住。它俩正伏在城外的一个小沟中，目不转睛地看着里面，等待最好的攻击时机。

激战猴子城

“喂！巴希拉兄弟！你听，好像有谁在说话。”大蟒蛇卡阿小声对巴拉希说。

“没有呀！什么也听不见，可能是你听错了。”巴希拉侧耳听了听，回答说，声音小得像一只蚊子在叫。

“小心点！一个猴子没什么本事，并不可怕，要是他们聚集在一起，就不好惹。”卡阿提醒巴希拉，因为它与猴子经常接触，明白他们的底细。

过了一会，卡阿又说：“巴希拉，我们要提高警惕，城里面的猴子很多，他们十分狡猾。”

“猴子很多？有300只吗？”

“300只？最少也有2000多，可不能大意，这是斑大洛的老窝啊！”

“啊？2000多？我的天哪！太多了！”

黑豹巴希拉没想到有2000多只猴子，大吃一惊。

卡阿慢慢蠕动身子，爬出小沟，抬起头，仔细观察了一会儿，又游回来，对着巴希拉的耳朵小声说：“猴子们正在大喊大叫，天太黑了，没看明白，毛克利可能他们身边。”

“嗯，卡阿兄弟，咱们准备战斗吧。”巴希拉激动地说。

“好！我从那边爬进去！那边有城墙，难不住我！”卡阿摩拳擦掌说。

“行，我该怎么办呢？伯鲁身体臃肿，太慢了，要是有它，我们还可以多个帮手……算了，现在说也没用。等月亮钻进乌云时，我就闯进去，打他们个落花流水。”

“行！我们兵分两路，只许胜利，决不能失败！”

卡阿蠕动身体，迅速游到那边的城墙下，观察完四周地形，在一个小洞中蜷着身子。

正在这时，一片乌云飘过，遮住明亮的月光，天空顿时暗下来。毛克利一看机会来了，“腾”地站起身，睁大双眼，东张西望，想从猴子当中找一个缺口，此时不跑，更待何时？

毛克利打定主意，正要寻找机会逃跑时，忽然听见有轻微的响声，他急忙侧耳细听：“啊！是轻轻的脚步声，有人来了。”

猴子们仍在叽里咕噜地吵个不可开交，根本听不到这么轻微的响声。可毛克利的听觉特别灵敏，马上就知道是什么发出的声音。

“黑豹的脚步声！黑豹巴希拉来救我啦！”毛克利心跳加快，血往上涌，心中十分激动。

“啊！他们接到了飞鸢的通知，来救我了，我有救了！巴希拉！”毛克利抑制不住心中的感情，忘乎所以，最后一句叫出了声。

猴子们听到他的叫声，急忙跑过来，将他的双手背过来，从身后抓住，用力捏住他的脖子，还有个家伙，把他的两条腿也抱住了。

此时，黑豹巴希拉正以闪电般的速度向这儿靠近。毛克利刚要叫喊，就被捂住了嘴巴，又一次落到猴子的魔掌中。他使出浑身力气，也不能挣脱半分。猴子们如潮水般涌过来，里三层外三层，把他围了个严严实实。黑豹巴希拉低着头，肚皮紧贴着地面，迅速地奔过来。它瞪大豹眼，射出两道冷森森的光芒。

“哎呀！不好！这些家伙要伤害毛克利。”黑豹巴希拉心中大怒。

“唰——唰——唰。”黑豹巴希拉像从天而降的凶神，几步跃到猴子跟前，动作快如闪电。

“哎哟！不好了！啊呀！快逃吧！”猴子们见黑豹巴希拉来势凶猛，吓得哭爹喊娘，抱头鼠窜。

黑豹巴希拉勇猛无比，上蹿下跳，指东打西，非常厉害。黑豹巴希拉用脚踩，用爪撕，用嘴咬，使出了浑身解数。打了一会儿，猴子们回过神，见只有黑豹巴希拉单独一人。

“喂！伙伴们！只有黑豹巴希拉孤身一人，我们不用怕它！”

“大伙儿围上来，消灭黑豹巴希拉！来啊！”

“这家伙好大的胆子！孤身一人也敢来这里行凶，大家齐心协力，不要放过它。”

猴子们又围过来，与黑豹巴希拉展开激战。黑豹巴希拉抖擞精神，奋起神威，施展全身本领，与猴子们杀在一团。有五六只更加凶残的猴子，把毛克利押到石塔顶上，头下脚上扔了下来。

塔顶很高，离地面大约有五六米。要是一般的人类，别说孩子，就是大人从上面掉下来也会摔个粉身碎骨。

可是毛克利从小生活在丛林中，经常与小狼们爬山上树，练就了一身本领。就在头顶快要落地时，只见他灵巧的身体猛一扭动，反转过来，双脚稳稳地站在地上，动作干净利索，十分优美，别说摔死，就是连点皮也没擦破。

塔上的猴子们吃了一惊，心中恼怒，从上面伸长脖子，气急败坏地骂：“好家伙！我们不会放过你的！我们先去收拾黑豹巴希拉。这里有许多毒蛇，即使我们不动手，你也会被咬死的。”

“毒蛇？这些家伙是吓唬我，我才不相信呢……”毛克利一句话还没说完，就看见——你猜他看见了什么？他真的看见一条毒蛇。

石塔里面有许多古代留下来的宫廷用品，杂七乱八地堆放在一个角落，上面沾满了灰尘。一条又长又粗的眼镜蛇王正卧在那里，高昂着头，吐着红色的舌头。它也看见了毛克利，嘴里“嘶——嘶——嘶”地叫着，向毛克利游了过来。

毛克利吓得魂飞魄散，急忙奔逃。一堵墙壁横在面前，他无路可走了。眼镜蛇王的前半截身子倏地一下，站了起来，就要扑向毛克利。

毛克利吓得脸色惨白，双腿发软，起了一身鸡皮疙瘩，闭上眼睛想道：“坏了！这是命中注定的，猴子没把我摔死，却要被眼镜蛇王咬死了！”

毛克利闭上眼睛，等待着死神的来临。可过了一会儿，仍然不见动静，睁开眼睛一看，只见眼镜蛇王摇头晃脑，眼露凶光，紧紧地盯着他。在眼镜蛇王的身后，是许多缠在一起的眼镜蛇。

这是怎么回事呢？原来这些眼镜蛇住在石塔里，不在外边走动，不知道人是什么模样，看见毛克利，感到非常奇怪。

“噢！这是什么动物？身上光溜溜的，一根毛也没有，但不是猴子，假如他要与我们作对，嘿嘿！我一口下去，他就一命呜呼了！”眼镜蛇王一边想，一边瞪大眼睛看着毛克利。身后的那些眼镜蛇们，已作好出击的准备。

站在死亡线上的毛克利急中生智，哆嗦着嘴唇用蛇的语言说出了暗号：“嗨！我们是同一个民族！我们拥有同一个祖先！我们身上流着同一种血液！我们是骨肉兄弟啊！”

说完他又学起蛇叫：“嘶——嘶——嘶——”

这一招果然见效，眼镜蛇王眼中的凶光消失了，并且友好地问：“嗨！你与我们是同一个民族，你与我们是骨肉兄弟。”

眼镜蛇王说完，高昂的头低了下去，红色的舌头也缩回口中。

“你们听我说，他与我们是同一个种族，是我们的骨肉兄弟。他熟悉我们的暗号，肯定错不了。”

身后的眼镜蛇们异口同声地喊道：“我们知道了，他是我们的骨肉兄弟。”

毛克利悬着的心总算放了下来，这条命是捡回来了。

“噢！黑豹巴希拉怎样了，它有没有受伤？”毛克利忽然想起了激战中的黑豹巴希拉。想到这里，他心中又是一惊，急忙往外走去。

“嗨！朋友！不能出去！外边正打架呢，小心他们误伤了你。”

盘卧在角落的眼镜蛇王见毛克利要往外走，善意地提醒他。

毛克利摇了摇头，慢慢地走到墙壁的一个缝隙前，伸长脖子，向外边望去。外面的战斗仍在继续，比刚才更加激烈。

黑豹巴希拉被群猴紧紧地围在中间，龇牙咧嘴，瞪大充血的双眼，一边怒吼，一边奋力迎敌。他左冲右突，指东打西，毫无惧色。可是猴子们人多势众，打退一批，又围过一群，时间一长，黑豹巴希拉有点手忙脚乱。

“喂！巴希拉！小心啊！你为什么自己单独来了？伯鲁呢？伯鲁到什么地方去了？”

毛克利看到战场上的形势，非常焦急。

“喂！巴希拉！提起精神！打败他们！巴希拉，那边有一个池塘，你快点跳进去！快点跳进去！”

毛克利站在远处又跳又叫，大喊着为黑豹巴希拉助威。

“喂！毛克利！你没事吧！”

黑豹巴希拉听见毛克利为它加油，心中大喜，深吸一口气，抖擞精神，拼命抵挡从四面八方围上来的群猴，一边打，一边向池塘移动。

一会儿，巴希拉来到池塘边，猴子们看出它的想法，展开更加猛烈的进攻。黑豹巴希拉大汗淋漓，冲不出猴子的包围。黑豹巴希拉支持不住，四肢一软，倒在地上。猴子们一拥而上，密密麻麻地扑在它的身上。

“喂！巴希拉！顶住，顶住！快起来，快起来呀！”毛克利见黑豹巴希拉倒在地上，心急如焚，放开喉咙大喊大叫，恨不得马上过去助它一臂之力。

正在这生死存亡的危急关头——

猴子城外传来一声震耳欲聋的怒吼：“嗨！巴希拉！你坚持一会儿，我在城外，马上就进去了！”是棕熊伯鲁的声音。

“啊！是伯鲁！是它，伯鲁来了！”毛克利听出伯鲁的声音，高兴得流下两行热泪。

黑豹巴希拉听到伯鲁赶来，猛一咬牙，使出全身力气，大喝一声，把扑在身上的几只猴子远远抛开。另一些猴子立刻又围过来，黑豹巴希拉苦苦支撑。

又肥又胖的棕熊伯鲁气喘吁吁地跑过来，立即投入战斗。不计其数的猴子冲过来，把棕熊伯鲁围了个水泄不通，开始进攻。

棕熊伯鲁毫无惧色，沉着应战。两只前爪交替挥舞，猴子们躲避不开，被它一抓一个正着，接着远远扔出。要不就是两爪相交，撞碎猴子的脑袋。

没一顿饭工夫，棕熊伯鲁连扔带撞杀了许多猴子，尸体堆得满地都是。看起来忠厚温驯的棕熊，现在却如此疯狂。它心中痛恨猴子们的下流无耻，又劫持了心爱的毛克利，所以出手就是毒招，毫不留情。

“哼哼！可恶的猴子，不怕死的往前，见识见识我的手段！”

“啊！太凶了！快抵挡不住了！”毛克利兴奋得又蹦又跳。

猴子们只顾围攻棕熊伯鲁，黑豹巴希拉的压力顿时减轻，它猛攻几招，打开一个缺口，冲出猴子的包围，“咕咚”一声，跳进池塘里。

“这下就没事了。”毛克利松了一口气，自言自语说，他心中非常明白：猴子不会游泳。

黑豹巴希拉在池塘里伸出头，大口大口地喘着粗气，双眼警惕地望着地面上的战场，禁不住担心着棕熊伯鲁的安危。

“咦！怎么不见卡阿？它说好的兵分两路，同时进攻吗？怎么不见了踪影？是不是临阵逃跑了？”

想到这里。黑豹巴希拉提高嗓门大喊：“喂！卡阿兄弟！你在哪里？快点过来吧！”

正在与猴子们激烈搏斗的棕熊伯鲁，听见黑豹巴希拉的呼救，哈哈大笑。

“哈哈！哈哈！巴希拉！怎么了？你胆怯了吗？你不行了？”

伯鲁的话音刚落，一只身体健壮的猴子冲到跟前，伯鲁一伸手将它揪到跟前，“啪啪啪啪”打了它七八个嘴巴，猴子的身子飞快地旋转了几圈，一命呜呼了。

大蟒蛇卡阿并没有因害怕而逃跑，它翻过城墙，蜷缩着身子卧在那里，积蓄体内力气，决心与猴子大干一场。

伯鲁与猴子的激战声、巴希拉的跳水声、呼救声都清清楚楚地传入它的耳中。

“嗯！好！这回可出了我心中的恶气。”大蟒蛇卡阿心中想道。蟒蛇是冷血动物，一般情况下不易动怒。卡阿年龄大了，修养又深，更显得沉着冷静。

城内打得血肉横飞，城外也乱作一团。

飞鸢智儿的朋友满克，就是帮智儿看护毛克利的那只蝙蝠，在空中一边飞翔，一边通知别的动物：“大事不好了！猴子城打起仗了！”

蝙蝠满克的话传到大象哈蒂的耳朵，它迈开像大树一样粗的四条腿，慢慢吞吞从林中走出，仰起头，发出了警报：“嘟——嘟——嘟——”

正在睡觉的飞禽走兽一片惊慌，马上跑出窝洞，四处乱逃，整个丛林喧闹起来。居住在城外的猴子听说城内爆发了战争，一个个急得抓耳挠腮，焦躁不安，想到城内帮助同伙。

大蟒蛇卡阿发动了，使出看家本领，浑身肌肉鼓起，整个身子伸得直直的，像一大截又圆又粗的铁棒，横冲直撞。

蟒蛇卡阿的战术并不复杂，但非常有效，猴子们见了惊恐万分。它“呼”的一声，往前冲去，斗大的蟒头坚硬无比，被它撞上的猴子立即仰面倒下，气绝身亡。

想想吧，10米长的粗铁棒撞在身上是什么滋味呢？卡阿来到棕熊伯鲁身旁，将身子左右一摆，就像秋风扫落叶似的，猴子们纷纷跳到一边。

“大蟒蛇卡阿来了！太厉害了！……”猴子们大声惊呼，四下奔逃，恨不得长上六条腿。猴子们一听到“大蟒蛇卡阿”五个字，就面色苍白，心惊肉跳。

大蟒蛇卡阿是猴子的天敌，它经常偷偷地躲到猴子身边，将它们用尾巴甩倒，然后吃进肚里，或者屏住呼吸，假装死去，躺在地上像一根木头，愚蠢的猴子一过来，就被吞进肚中。

猴子们睡觉时梦见卡阿也会吓出一身冷汗，别说活生生的卡阿就在眼前了，一个个哆嗦着身子爬到树上，低垂着头，好像缩头的乌龟。

“嗨！卡阿兄弟，你可来了！”

伯鲁从猴子的包围中脱出身来，激动地和卡阿打个招呼。在刚才的激战中，它背上的皮被猴子们抓破了。此时感到一阵生疼。

黑豹巴希拉从池塘跃到岸上，浑身水淋淋的。

卡阿盘卧在地上，得意地大叫一声：“嘶——嘶——嘶——”

卡阿的叫声尖厉响亮，在丛林的上空缭绕不绝，深夜听来，令人毛骨悚然。城外的猴子们正要跑来帮忙，听了卡阿的叫声，吓得魂飞魄散，差点儿掉下树来。一个个捂住耳朵，哪还敢移动半步。丛林中静了下来，只有卡阿的叫声在夜空中久久回荡。

大蟒蛇卡阿法力无边，一声大叫，就将猴子们吓得一动不动。

不仅仅是猴子，青蛙、松鼠之类的小动物，只要一见卡阿，就逃不掉了，甚至听到它的名字，也会浑身发抖。大概是它法力的原因吧。

卡阿停止尖叫，来到棕熊和黑豹身边。

可能是卡阿的法力消失了，猴子们不再发抖，互相交换眼色，然后逃命去了。此时，他们什么也不顾，相互之间推、拉、挤、撞，丢盔弃甲，溃不成军。不大一会儿，猴子们逃得干干净净，它们有的躲在树上，有的藏进石塔，有的钻入丛林，有的缩在水沟，都探头探脑地窥视着卡阿。

“啊！我们赢了！我们打败了猴子！”

毛克利挥舞着拳头，在石塔里欢呼，从墙壁的缺口伸出脑袋，大叫："嗨！巴希拉！我在这儿呢！嗨！伯鲁！快来救我！我在这儿呢！"

"喂！巴希拉，毛克利在石塔里，你去救他吧！我现在筋疲力尽，走不动了。"伯鲁有气无力地说。

"嗯！我这就去。要是那些猴子再把我们围住，就不好办了。"

黑豹巴希拉纵身一跃，就要向石塔走去。

"慢着！等一会儿再去！那些猴子，没有我的命令，不敢轻举妄动。"卡阿的声音不大，但威严有力。卡阿说完，蠢蠢欲动的猴们鸦雀无声。

"伯鲁，你怎么样，身上的伤严重不严重？"黑豹巴希拉关切地问。

"不碍事，只是抓破点皮。猴子们也有些本领，尽管我全力以赴，但他们人多势众，确实有些招架不住。"棕熊伯鲁摇摇头，回答它说。

"我被打得毫无还手之力，幸亏及时跳进池塘，否则的话，就性命不保了！这些家伙们，还有点计策。"

"什么计策，就凭以多欺少。哎，你是不是吓坏了，我听见你在池塘里向卡阿求助呢？"伯鲁逗巴希拉说。

"没有啊！我以为它跑到什么地方去了。说实在的，如果没有卡阿，我们还打不败猴子呢，对吧？"黑豹巴希拉红着脸说，又赶紧换了个话题。

"是啊！多亏卡阿兄弟及时赶到。太谢谢你了！"

"嘿嘿！小事一件，不用谢我，去把毛克利救出来吧。"

"喂！你们还在那儿磨蹭什么，快来救我！"毛克利大声地求救。

眼镜蛇王高昂着头，大声说："嗨！这个孩子在这里坐卧不安，把我们的小蛇踩得满地乱跑。你们快点过来把他领走吧，我们受不了啦！"

“嘿嘿嘿嘿……知道了，等一会儿，我马上过去！”

卡阿笑着答应，身子一伸一缩，立即游到石塔前面。

“啊！掉在这里可不好办。我想一下，嗯，你们都让开，我来弄个缺口。”

卡阿昂起头，在石塔的墙壁上来回扫了几眼，看见一块石头的颜色与其他石头不同，明白这块石头年代已久，快腐蚀烂了。

“这块石头不结实，就从这儿下手。”

大蟒蛇卡阿确实不同凡响，只见它前半截身子站起来，全身力气聚积在头上，“呼”的一声，向那块石头碰过去。

“轰隆！——轰隆！——”发出的声音震耳欲聋。

“怎么样？卡阿兄弟，你的头受得了受不了？”棕熊伯鲁一脸关切的神色。大蟒蛇卡阿却没事一样，继续碰过去。

“轰隆！”碰到第六下，大石头经受不起，轰然倒下，扬起一片沙土，石塔的墙上露出一个大豁口。

“嗖”的一声，毛克利从缺口钻出来，跑到黑豹巴希拉和棕熊伯鲁跟前，搂住他们的头，流下了激动的眼泪。

“啊！毛克利，太好了！太好了！”棕熊伯鲁哽咽着说。

“哦！孩子，他们把你怎么样了？你没事吧？”黑豹巴希拉红着眼圈问。

“我没事。让你们受苦了，都怪我，你们的伤很严重啊！”

“这点伤算不了什么，只是抓破了皮，那些猴子们可倒霉了。”黑豹巴希拉晃晃脑袋，眼睛扫着横七竖八的猴子尸体说。

“吓死我们了，只要你没受损伤，就是天大的喜事！”棕熊伯鲁和黑豹巴希拉抚摸着毛克利的身子，幸福的泪珠滚落而下。

“毛克利，全凭卡阿的帮助，我们才能救你出来，它是你的救命恩人，快点感谢感谢。”

毛克利一转身，只见大蟒蛇卡阿用好奇的目光看着自己。

“你就是毛克利！除了身上没长毛，其他都与猴子十分相似，我刚蜕了老皮，视力不好，你离我远一点，不然我会把你当做猴子吃掉。特别是晚上，更得注意。对了，以后见了我，一定要说出暗号。”

“嗯，我知道了……你是我的救命恩人，请受我一拜。卡阿，从此以后，只要我有了好吃的，就给你送去，我会永远记住你的大恩大德。”

“毛克利，小兄弟！不用那么客气。”

过了一会，大蟒蛇卡阿又问他：“你的身体才这么大，没有武器，用什么办法猎取食物呢？”

“我的身上没长尖牙利爪，不能将动物杀死。我却能把他们赶到你的周围呀。以后你想吃东西的时候，就与我说一下，看看我的能力怎么样。”毛克利微笑着，蛮有把握地说。

“另外，我有一双灵巧的手。如果你遇到其他困难，我也可以尽力帮你。包括棕熊伯鲁和黑豹巴希拉，有什么问题我都帮你们处理，谁让你们对我这么好呢。”

“嗯，了不起，这孩子有一颗善良的心。”棕熊伯鲁夸赞毛克利。

“别看身体不大，挺懂规矩的，好啊！”黑豹巴西拉微笑着随声附和。

大蟒蛇卡阿也爱上了这孩子，用头在他的背上蹭来蹭去。

“嗯，不错！机智勇敢，又懂礼节。长大以后一定有出息。哎，咱们只顾说话，忘了吃东西。巴希拉！伯鲁！你们领毛克利回去吧，让他吃点好的，歇息歇息。”

“噢，知道了。卡阿兄弟，麻烦你了，谢谢你为我们出了这么大力气，以后如有什么困难就说一声，我们会尽力帮你。”

“好了！好了！我们是朋友，不用说这些客气话了。我得马上干一些事情，你们快点领毛克利走吧，让他看见了不好。再见了！”

“再见！卡阿！”

大蟒蛇卡阿说完那些神秘的话，脸上露出古怪的笑容。双眼一动不动，望着棕熊伯鲁、黑豹巴希拉和毛克利。

新奇的吃猴舞

月影西移，夜空沉静，微风吹过，使人感到一丝凉意。

猴子城内，不可胜数的猴子们吓得脸色苍白，心惊胆战，一个个躲在黑暗的角落里不敢露面。

棕熊伯鲁由于激战，觉得舌干口燥，到池塘去饮水解渴。黑豹巴希拉站在地上一边等候，一边用舌头舔舔凌乱的皮毛。

大蟒蛇卡阿从石塔前游出来，又粗又长的身子，在月光的照射下闪闪发光。它将身子一圈一圈盘成一团，前半截直直地立起来，双眼射出两束可怕的光芒，向四周望去。

躲在角落里的猴子们更加害怕，浑身发抖，紧紧地挤在一起。

月亮慢慢地隐藏在小山后面，大地一片灰暗。整个猴子城好像虚幻中的环境，大蟒蛇卡阿的身子、角落里的猴子们、古老的建筑物朦朦胧胧地显示出轮廓。在虚幻的情景中，大蟒蛇卡阿怪叫起来。“嘶——嘶——嘶——”

这怪叫声是在向猴子发问：“月亮落下了，瞧得清楚吗？”

猴子们一声不吭。

“嗨！为何不回答？没听见我的话吗？”大蟒蛇卡阿轻蔑地望着猴子们。

“嗯！瞧得清楚，瞧得清楚。”猴子们回答，声音小得几乎听不见。

“嗯！你们仔细欣赏，我开始表演了。我跳的这种舞有个名字，叫做‘吃猴舞’！”

大蟒蛇卡阿尽管是逗他们玩的，但猴子们听了十分恐惧。为了让大蟒蛇开心，他们想说点好听的话，但嘴唇不听使唤，哆嗦得说不出来，心中惴惴不安，觉得要大祸临头。

大蟒蛇卡阿开始了表演——

只见它摇头晃脑，蠕动身子在空地上游了两周，又回到原来的地方。然后以闪电般的速度扭动身体，做出各种奇怪的形状，先是小圆、大圆、三角形、正方形、五角形……最后又一圈一圈盘起来，高昂着头，张开血盆大口，鲜红的舌头吐在外面。

“嘶——嘶——嘶——嘶”大蟒蛇卡阿发出凄厉的叫声。

随后，大蟒蛇卡阿又将盘曲的身体一圈一圈松开，开始飞快地旋转，好像一条彩色的绸带，越转越快，越转越快……

树上和塔顶的猴子们看得头晕目眩，有一种呕吐的感觉，急忙紧闭双眼。

夜色一团漆黑，什么也看不见，只听见大蟒蛇卡阿“唰唰”地旋转着身体。过了一会，大蟒蛇卡阿停止了表演，棕熊伯鲁和黑豹巴希拉看得皮毛倒立，目瞪口呆，如同立在广场上的两座像。

毛克利也定在地上，一动不动。

大约一顿饭的工夫，大蟒蛇卡阿用阴沉的声音说：“斑大洛们！没有我的命令，你们敢轻举妄动吗？快说！”

卡阿的话阴森可怖，却又不可违抗，猴子们听了失魂落魄，牙齿碰得咯咯作响，说不出话来。过了好长时间，一只胆大的猴子硬着头皮回答：“不……不敢！没你的吩咐，我们一步也不敢离开。”

“嗯，这还差不多。听我的话，往前走，走到我跟前。”

躲在暗处的猴子们都钻出来，向前走去。棕熊伯鲁和黑豹巴希面拉也向前迈了一步。他们都像被一只无形的手牵着，不由自主地朝前走。

“继续往前走！”大蟒蛇卡阿的声音沉闷有力。猴子们虽然不情愿，他们知道往前走一步，就是向死神靠近一步，但控制不住自己的身体，老老实实地向卡阿靠近。

大蟒蛇卡阿的确法力无边，不管多么凶猛的动物，只要进入它的视线，就挣脱不开，眼睁睁成为它的一顿美餐。

大蟒蛇卡阿猛地把头高高昂起，猴子们加快了靠近的速度，嘴里发出不寒而栗的叫声，听起来十分刺耳，令人毛骨悚然。大蟒蛇卡阿张开嘴巴，吃下了最先走过来的猴子，发出一阵得意洋洋的笑声。

棕熊伯鲁与黑豹巴希拉昏昏沉沉地往前走去，好像中了邪一样。毛克利心想不好，伸出双手，分别抓住他们的尾巴，使劲一揪。黑豹巴希拉和棕熊伯鲁猛地清醒过来，吓出一身冷汗。

“哎呀！怎么回事，不由自主地往前走，真厉害呀！要不是你把我揪住，现在就跑进卡阿的肚子里去了。”黑豹巴希拉回过神来说。

“有什么大惊小怪的？只是身体旋转速度非常快罢了，我看也没什么了不起的。”毛克利说。

“还说没什么，这就够吓人的了。”

棕熊伯鲁与黑豹巴希拉的感受差不多。

“嗯，这样的话，我们赶紧离开吧。”毛克利说着，双手分别推着伯鲁和巴希拉转身离去。

身后不住传来斑大洛们绝望的叫声和卡阿满意的笑声。

毛克利领着伯鲁和巴希拉，穿过猴子城，走向丛林深处。他们来到一个山坡上，棕熊伯鲁回头望着猴子城，吐了口气说：“嗯！真没想到，大蟒蛇卡阿居然有这么大的法力！”

“可不是吗？看见它的表演，脑子就出现一片空白，没法控制自己的四肢。以后可得小心些。”黑豹巴希拉惊魂未定。

“你说的没错，大蟒蛇卡阿的法力大得很，要不是毛克利及时提醒我们，恐怕性命难保了！我认为在太阳出来之前，至少有50多只猴子要被它吃掉。”

黑豹巴希拉和棕熊伯鲁互相望着对方，同时摇了摇头。

“你们俩是怎么了？我已经说过了，卡阿没有什么法力，只不过是身体转动的速度太快。”

毛克利没有受到迷惑，头脑一直保持清醒，对他们的大惊小怪感到不可思议。

“正因为它身体旋转得非常快，才产生了不可低估的力量，把其他动物的神志控制住，然后变成它的腹中之物。”棕熊伯鲁还在回忆刚才的情景。

过了一会儿，它用疑惑的目光打量着毛克利问：“咦！我倒忘了，你好像没事一样，你有什么反应？你刚才没觉得有一只无形的手拉你吗？”

“什么无形的手？我一点感觉也没有。”

“嗯，到底是怎么回事呢？”

“伯鲁，我想是这样的：毛克利不是野兽，大蟒蛇卡阿的法力对人类不起作用。”巴希拉沉思了一会说。

“你们说得太玄乎了吧，我认为没什么了不起的。”

毛克利神气地说：“大蟒蛇卡阿的表演不伦不类，像是患了疯狂病，我觉得十分可笑，嘻嘻……嘻嘻……”

黑豹巴希拉沉下脸大声说：“毛克利，不要笑！没有卡阿的帮助，能把你救出来吗？我和伯鲁为了你，差点送命，你看看，这满身鲜血，明天怎么去找食物？你还要耻笑卡阿呢！”

毛克利听巴希拉骂得有道理，不由满脸通红。

“行了，巴希拉，不要说了。不管怎说，总算把毛克利救出来了。”忠厚的棕熊伯鲁，见黑豹巴希拉脾气来了，劝解它。

“嗯，救是救出来了，可别人拼死拼活，他不思感激报答，却说一些不中听的话，让人多寒心啊！”

黑豹巴希拉继续阴沉着脸说：“毛克利！你听我说。我和伯鲁受伤、费力的事暂且不提，为了将你救出来，我和伯鲁不得不厚着脸皮去请卡阿帮忙，这是我一生中最大的耻辱。

“本来，在丛林中我的威望不低，狼群也对我高看一眼。为了你，刚才还差点被卡阿吞进肚里，要是让其他动物知道了，我的脸面往哪搁呢。所有这些，归根结底都是你的错，谁让你与斑大洛们一块玩耍呢？”

“嗯，我知道了，全怪我不好。”毛克利羞愧难当，红着脸小声说：“我以后再也不跟他们玩了，原谅我吧！”

“哦！原谅你？伯鲁，你说，按照以前的惯例，应该怎样处罚他呢？”

听黑豹巴希拉要处罚毛克利，棕熊伯鲁有点着急了。它心中十分喜爱毛克利，把他当成自己的孩子，虽然毛克利犯了错误，也不忍心处罚他。

“噢！根据丛林中的规矩，是应该处理他。可毛克利年纪这么小，又讨人喜爱，自己也承认错误，就饶他一次吧，以后如果还犯错误，再一块处理吧。”棕熊伯鲁知道黑豹巴希拉的脾气暴躁，小声劝说。

“我明白他是个可爱的孩子，我心中也很疼他，但丛林中的规矩是严格的，不能因为可爱就饶恕他。”巴希拉固执己见，说：

“毛克调皮捣蛋，不分是非，私自跑去与猴子玩耍，给别的动物添了许多麻烦，已经违反了丛林中的规矩，伯鲁，你说他应受到什么样的制裁？”

“在头上……在头上打……打6个巴掌。”

棕熊伯鲁断断续续地说，声音小得别人几乎听不见。

“对，就应该打6个巴掌。毛克利，你愿意接受处罚吗？”

“我愿意接受，你们为了救我出生入死，责任全部在我身上，你们按照丛林中的规矩处罚吧。”

“那好吧！把头伸上来！”黑豹巴希拉大声说。

棕熊伯鲁不忍看毛克利挨打，扭过头，眼睛望着远方。

毛克利毫无惧色，勇敢地伸长了脖子。黑豹巴希拉用慈爱的目光看了他一眼，缓慢地举起前爪，在毛克利的头上重重地拍了6下。它对毛克利虽然充满慈爱，但处罚时毫不手软，那是严父般的处罚。

毛克利站在地上，每一掌下来都钻心的疼。但他咬紧牙关，身子站得直直的，心甘情愿地接受处罚，他知道自己犯的错误不可饶恕，心中难受，挨完打也许会舒服一些。

毛克利毕竟年纪太小，头上感到剧烈的疼痛，眼睛噙满了泪水。他知道“男子汉流血不流泪”，使劲合上眼皮，泪水终于没有滚出来。

宽厚仁慈的棕熊伯鲁看在眼里，疼在心上，禁不住眼圈红了起来。“嗯！毛克利受到应有的处罚，我们没有违反丛林中的规矩，我心中没什么遗憾了。”

黑豹巴希拉板着面孔说。然后，它将身子趴在地上，对毛克利说：“来吧，骑上来，我驮着你走吧！”

毛克利非常感动，他知道黑豹巴希拉心中十分疼爱他，刚才的惩罚是为了让他牢记教训。毛克利心中暗想：以后离猴子远远的。

毛克利骑在黑豹巴希拉的背上，软绵绵的非常舒服。此时已到深夜，毛克利浑身无力，头上又被巴希拉打了6下，脑袋昏昏沉沉的，不知不觉睡着了。

前边有一条小沟，巴希拉轻轻一跳，骑在背上的毛克利惊醒了，睁开朦胧的双眼看了一下，又搂住巴希拉的脖子睡过去。

“孩子累了，睡得好香啊！”棕熊伯鲁爱怜地看着毛克利说。

“毛克利这孩子，的确讨人喜爱。”搏斗中的黑豹巴希拉是那样凶猛，现在却像一位慈祥的母亲，回过头看着熟睡的毛克利。

毛克利皮肤又嫩又白，红嘟嘟的嘴角流出一股口水，在星光的照射下，越发好看。巴希拉和伯鲁感到欣喜，都露出满意的笑容。

两个野兽驮着毛克利来到一座山冈。巴希拉刚一迈步，毛克利就仰面往后倒去，身后的伯鲁眼疾手快，闪电般跳过去，伸手扶住。

棕熊伯鲁看上去又肥又胖，紧要关头却十分矫捷。

雄伟的西奥尼山，茂密的丛林，夜空中星光闪闪，山冈前一个孩子，两只野兽，好一幅美丽而幸福的图画啊！

他们来到狼洞前，伯鲁将毛克利慢慢托起，轻柔地抱进洞里。

毛克利仍在甜美的梦乡中，头上渗出一层细小的汗珠。

“快来看啊！毛克利回来了！”

“噢——毛克利回来了！”

4只小狼欢天喜地，又蹦又跳跑过来。

“他睡着了，你们不要吵，小声点。”母狼急忙吩咐小狼。它走到跟前，用慈爱的目光打量着毛克利。

公狼听说毛克利回来了，也从里边钻出来。看见黑豹巴希拉和棕熊伯鲁也来了，急忙过去，问长问短。

毛克利却像婴儿一样，睡得正香呢！

和平石出现

西奥尼山景色如画，茂密的丛林风景依旧。毛克利领着4只狼兄弟，正在柔软的草地上散步。此时，毛克利心潮澎湃，思绪万千，几年来的往事，在脑海中一幕幕展现出来。毛克利热爱丛林，遵守丛林中的规矩，更喜欢丛林中遵守规矩的所有伙伴。

那年冬季，丛林中遇到了百年罕见的旱灾。方圆好几十里没见过一滴雨。刺猬乙奇找到正在玩耍的毛克利，愁眉苦脸地说：

“毛克利，不好了！田野中的山芋坚硬无比，啃都啃不动。”

毛克利清楚刺猬乙奇吃东西挑肥拣瘦，不合口味的东西一点不吃，听它这么说，没往心里去，“呵呵”一笑，说：“山芋坚硬不坚硬，与我有什么关系啊！”

“嗯？谁说与你没关系，还笑呢，到时让你吃点苦头，恐怕哭都来不及了。”

刺猬乙奇看见毛克利满脚都是污泥，生气地说：“近几天没去洗澡吧？为什么不去卫茵郡嘉河洗一洗呢？”

“嗯！天太旱，那儿的水快晒干了。如果不小心，河里的石头会碰破脑袋。”

“嘿嘿嘿！碰破脑袋好呀！可以往里面多放点知识，是吧？”

刚说完，乙奇把头缩回去，圆圆的身体外面都是钢针一样的小刺，毛克利虽然想打它一下，但没法下手。毛克利正准备想个办法对付，乙奇又钻出脑袋，嘿嘿地笑……

毛克利把这件事情与伯鲁说了，棕熊伯鲁用严肃的表情说：

“如果我单独一人，就好办多了！随便找个地方就可以找到食物，带上你就不方便了，我怕与人动手时伤着你。唉，别管它了，以后再说吧！”

第二年春天，天气仍然十分干旱，不见一滴雨。树上的叶子从绿变黄，从黄变枯。一片片绿色的草原，看上去就像一片荒滩。

大河小溪也听不见哗哗的流水声，河水早被晒干了，河床上留下许多动物的爪印。空气燥热难当，地面烫得几乎不能走路。

猴子和鸟类动物预料到要发生旱灾，都移到北方去住了。野猪、野牛、梅花鹿去庄稼地寻找食物，可庄稼都旱死了，村里的农民热得没精神捕获它们，都活活饿死了，尸体堆得横七竖八。

飞鸢智儿可幸福了，不用到处去找食物，动物的尸体到处都是。别的野兽一个个叫苦连天，它却膘肥体壮，精力旺盛，一到傍晚，就劝说其他动物："朋友们，还待在这里干什么？搬到别的地方去住吧！……嗯？走不动了？那没办法，等着死吧！太阳多热啊，方圆百里的庄稼全被晒干了。"

可是，智儿磨破了嘴皮，野兽们也不听它的劝告，仍然住在丛林中。

"毛克利，得想个办法啊！丛林中的动物，怕是支持不住了。"

黑豹躺在一棵大树下，有气无力地说。

"这几天，一到晚上我就四处活动，找到的食物比以前还多，但吃进肚里不起作用，身体反而更消瘦了，更重要的是几天不喝一口水，渴得要命。"

"我也是。每天只喝一次水，还是在做梦的时候。"毛克利的嘴唇上都是小水泡。

"唉！伙伴们都渴得不行了，看来没水的日子更难过啊！"

"卫茵郡嘉河的水量不断减少，几乎要晒干了。"

"哦！要是卫茵郡嘉河的水晒干了，我们就活不成了，那是我们的命根子啊！"

毛克利正在与黑豹巴希拉谈论着，忽然听到"呜——呜——呜——"的警报声。

"噢！大象哈蒂发出讯号了！"

"嗯，听声音好像在卫茵郡嘉河边，召集大家开会在呢！"

黑豹巴希拉"嗖"的一声，向前跃去，虽然渴得要命，仍然非常迅捷。毛克利也不落后，紧紧追在它的身后。

丛林中的动物，听到大象哈蒂的讯号，接二连三地赶往河边。

大象哈蒂站在河岸上，仍然发声报讯。丛林中，它和大蟒蛇是两位前辈，今年已200多岁，大家对它既敬又怕。

"喂！伙伴们，你们过来，往前一点，瞧瞧这块石头。"

哈蒂用鼻子指着河底的一块大石头说。动物们凑过去一看，一块巨大的绿色石块露出水面。哈蒂接着说道："这块绿色的石头，名叫'和平石'，这个名字是以前传下来的，你们可能不太熟悉。丛林中有一个规矩：如果遇上旱灾，石头露出水面时，我们必须实行'水边停战'。伯鲁对这个规矩应该十分清楚，对吧？"

棕熊伯鲁热得不想开口，把头点了几下。

"水边停战是什么意思？"

"我们不知道啊！"

动物们交头接耳，吵闹起来。哈蒂望了动物们一眼，大声说：

"这个规矩，是我父亲那一辈人定下来的。水边停战就是说，无论任何动物到这里喝水，都不许发生战争，凶猛的肉食动物绝对不能欺侮弱小的动物。如有不从者，依丛林规矩，斩首示众。"

"啊！这是为什么？为什么这样规定呢？"狼群中一些年龄小的提出疑问。

"卫茵郡嘉河是大自然的产物，是我们所有动物的共同财产，它不属于某个人或某个种族。我们大家都有权利到这里喝水。因此，在河边不许动用武力。"

"嗯，河边不许动用武力，那在其他地方也不能吗？"

"能！怎么不能？要不能动武，肉食动物怎么活呢？"

"嗯，这还差不多。"

狼群听了哈蒂的话，慢慢平息下来。

弱小的草食动物们眉开眼笑，欢呼雀跃。

大象哈蒂解释完水边停战的规矩，梅花鹿、野猪和野牛迅速地传达给同族的伙伴。飞鸢智儿在空中边飞边叫，把这个消息通知给所有的飞禽走兽。

从此以后，所有的动物都到卫茵郡嘉河的和平石旁饮水解渴。大蟒蛇卡阿也经常卧在石头上休息。

每天黄昏的时候，卡阿、伯鲁、巴希拉和毛克利都要在河边坐一会儿，说说话。

毛克利的仇人瘸虎邪汉也经常来解渴，却没有吃掉毛克利的想法。一来它不敢违背水边停战的规矩，二来毛克利的身上没有一块肥肉，它没胃口。

真想脱层皮

由于水分供应不足，毛克利的皮肤失去往日的弹性和光泽。他瘦得皮包骨头，肋骨清晰可见。长期没水洗澡，浑身上下沾满污垢。但两只大眼仍然炯炯有神，显示出人类的灵性和智慧。

遇到旱灾以来，黑豹巴希拉一遇见毛克利，就满脸严肃地说：

“毛克利，忍着点儿，不要心焦，心焦容易上火，生了病就麻烦了。干旱不会持续太长时间，不可能永远不下雨，再等几天吧！”

听了巴希拉的告诫，毛克利整个旱季都心平气和。

这天傍晚，毛克利独自一人来到山坡，躺在地上，枕着胳膊，仰望天空，一轮明月刚刚升起。毛克利合上眼皮，脑子里盘算着今后的日子怎么过。忽然有人推了他一下。

毛克利吓了一跳，翻身起来，黑豹巴希拉站在面前。“噢！是你，巴希拉，刚来？”

“嗯，你躺在地上干什么？”

“我休息一会儿。”

“唉，天气太热了，要是可能的话，真想脱掉这身皮。”黑豹巴希拉的皮毛不再发光，好像一片枯草，变成“灰”豹了。

“巴希拉，这鬼天气什么时候才下雨啊？”

“没有一点预兆，我看近期内下不了，但也不会等多久的。毛克利，你吃过饭了没有？”

“吃过了，都是乱七八糟的食物，肚子仍然饥饿。”

“那怎么行啊？哎，对了，昨天夜里，我杀了一头耕牛，险些失手。那牛拴在草棚里，要是没拴的话，也许我就丢尽脸了。”

毛克利看了它一眼，开玩笑说：“咱俩差不多，都是勇敢的猎人，你打耕牛，我打小虫子。”

“不要说笑了，咱们到河边转一转，看看那儿是什么情况。来吧，我驮着你。”

“不用了，我自己走吧。你瘦得自己都快走不动了。”

“那头耕牛比我还瘦呢，除了骨头就是皮。”

毛克利与巴希拉慢慢地来到卫茵郡嘉河边。和平石露出水面的部分更大了。

“河中的水比前几天又少了，我看过几天就一滴也没有了。”

“有什么办法？这是上天的安排呀！你看看，这么多野兽都到这儿解渴，河水不干才怪呢。”

许多梅花鹿、野猪、山羊都向河边跑来。大象哈蒂率领三头小象，威风凛凛地站在河里，眼睛警惕地环视着四周，随时准备镇压违反规矩的不法狂徒。

在河中饮水的动物自动分为两堆：一堆是温和的草食动物，如鹿、猪、羊等；另一堆是凶猛的肉食动物，如虎、狼、豹等。

温驯的动物一边饮水，一边小心谨慎地盯着凶猛的动物，提防他们突然袭击。凶猛的动物虽然想扑过去，但由于哈蒂父子严密监视，都不敢轻举妄动。

“哎呀！和平石边的秩序还挺稳定嘛！”

“哈蒂自称是‘和平保护神’，它的鼻子威力无比，谁敢撒野。”毛克利与黑豹说着走进河里。

“动物真不少啊！”

黑豹巴希拉站在河里，盯着草食动物说：“要没有水边停战的规矩约束，我们就可以美餐一顿了。”

巴希拉的话声不高，但仍然传进了鹿的耳朵，那些鹿们立即吓得哆哆嗦嗦，慌作一团。

“现在是和平时期啊！”

“要遵守水边停战的规矩！”

“这河水是大家的共同财产，我们有权利享受呀！”

鹿群中的惊呼声接连不断，此起彼伏。

哈蒂看到这种情形，伸直鼻子，高声叫道：

“巴希拉，说话注意点，不要造成恶劣影响……你们不要害怕，静一静……有我在这儿呢，谁也不敢捣乱。”说走，用眼睛恶狠狠地瞪着巴希拉。

“请原谅，我不是故意的。”

黑豹巴希拉坦诚地向哈蒂赔个礼，自我解嘲地说：

“这几天我以青蛙和虫子填肚子，过几天只能靠树叶和枯草维持生命了！”

“噢！那样就更好了！”

一头刚满周岁的小鹿调皮地说。刚才还惊恐万分的鹿们听了，禁不住哄堂大笑。大象哈蒂也跟着放声大笑。

正在河中玩耍的毛克利，笑得弯下了腰。

“哼！小东西！水边停战的规定失效时，非取你的狗命不可！”

黑豹巴希拉闻言大怒，哇哇乱叫，两道锐利的目光向鹿群射去，但说话的鹿混进群里，找不出来。

所有的动物都不作声，河边陷入沉静之中。

“嗨！打扰了，大家让一下。”

一头野猪一边说着客气话，一边钻进来。

“太热了，请给我身上洒点水吧！”

毛克利、大象哈蒂、棕熊伯鲁、黑豹巴希拉，还有其他的草食动物和肉食动物们你一言，我一语，埋怨着干旱的鬼天气，他们心中焦急地期待着老天大发慈悲，早日下一场大雨。

邪汉敢吃人

就在这时候，河边的树丛中传来一声响亮的吼叫：“啊——哇！啊——哇！”

“瘸虎邪汉来了！瘸虎邪汉来了！”

“哎呀！不好了！老虎来了，快跑吧！”

温驯的草食动物们一听是瘸虎的声音，马上慌作一团，他们都明白邪汉的阴险毒辣。

瘸虎邪汉见草食动物们吓得浑身发抖，更加目中无人，大摇大摆地从树丛中走出来，“咕咚”一声跳入河里，双眼恶狠狠地盯着毛克利说：“没本事的小虫子，只会吹牛，与猴子差不多，快点上树去摘果子吧，跑到河里来捣什么乱？嗨！毛克利，小青蛙，你敢看我吗？”

毛克利根本没把它放在眼里，睁大眼睛，目光一刻也不离开邪汉的头。

毛克利像尖刀一样的目光，看得邪汉心中发虚，急忙低下头，装模作样地喝了一口水，说：“哼，贼溜溜的眼睛！”

此时，黑豹巴希拉好像看见了什么，惊奇地问：“邪汉，你伤害了什么动物？”

黑豹看见瘸虎邪汉的嘴角有许多血迹。

“你在哪儿干的？是不是在河边？吃的是什么动物？”

“我明白水边停战的规矩，才不会在这儿动手呢。上午，我在前边的村子里吃了一个人。”

“啊！瘸虎邪汉吃人了！邪汉吃人了！”听了邪汉的话，动物们都吓得不知所措，失声惊叫。

因为，丛林中有一条规矩：所有动物都不得伤害人类。以前曾发生过伤害人类的事，人们马上聚集起来，手持铁叉、木棍、梭枪，把丛林团团围住，大举进攻。

丛林立即变成了屠宰场，一天之间，尸体满山遍野，地上血流成河。

从那时起就定下这个规矩。瘸虎邪汉竟敢违反规矩，随意杀人，因此，动物们都有一种大难临头的感觉。

干旱的天灾已将他们折磨得元气大伤，再加上邪汉带来的人祸，只有死路一条了。动物们一个个恨得咬牙切齿，但畏惧邪汉的厉害，敢怒不敢言，用期待的目光望着大象哈蒂，希望它主持公道。

可大象哈蒂好像一点事也没有，站在那里一声不吭。它性格稳重，毫不急躁，对每件事情，都三思而后行。

现在，瘸虎邪汉吃人的事实还不十分清楚，因此它不愿过早下结论，就此处罚它。

正是这种性格上的稳重老练，哈蒂才活了200多岁。

“邪汉，你为什么这时候伤害人类呢？大家都热得身体虚弱，人们报复的时候，跑都跑不快。就算饿了，你可以找点其他食物呀。”

黑豹巴希拉抑制不住心中的怒火，大声喝骂邪汉。

邪汉并不买账，满不在乎地说：“我肚子并不饿，只觉得吃人挺有意思。”

邪汉胆大包天，竟敢无视丛林中的规矩，而随意伤人，它居心不良，当人们报复的时候，它就躲在暗处幸灾乐祸。这种可耻的行为激起了动物们的公愤。指责声，叫骂声此起彼伏，一浪高过一浪。

大象哈蒂照样不急不躁，用威严的目光盯着邪汉。

“嘿嘿，挺有意思的，杀人挺有趣，人类是我们的敌人啊！”

瘸虎邪汉不思悔改，得意洋洋地说。看别的动物不说话，它又不可一世地说：“我刚才吃完人，想喝点水，脸上的血迹也得洗掉。给我躲开，不要挡路，如果不服气，就过来较量较量！”

黑豹巴希拉见邪汉目中无人，横行霸道，立刻睁大眼睛，皮毛倒竖，作好迎战的准备。

站在一旁的棕熊伯鲁摩拳擦掌，跃跃欲试。卧在石头上的大蟒蛇卡阿，抬起头来，轻蔑地说：“瘸虎邪汉耀武扬威，别的动物一见它装腔作势，就吓得六神无主。”

“我才不怕它呢，我觉得它只会咋咋呼呼，是个没用的东西。”棕熊伯鲁紧张的表情被卡阿看见了，觉得不好意思，红着脸说。

大象哈蒂心中有了主意，稳步走到邪汉跟前，一字一句地说：

“邪汉，你觉得杀人挺有意思，是吧？”

“杀人就是有意思。况且，我想怎么干就怎么干，别人无权干涉。”邪汉嘴上挺凶，却有点心虚。它心中明白，别看大象哈蒂表面上慢慢吞吞，要惹怒了，谁也不是它的对手。

“哦！你说别人无权干涉，是吗？”大象哈蒂不动声色地问。

“是，我有这个自由，这一点你是清楚的。”

“嗯，我清楚，我不否认。你喝完了吗。”

“喝完了，有什么事吗？”瘸虎邪汉舔舔嘴巴说。

“滚！滚得远远的。”大象哈蒂的声音好像天上的闷雷，听了有一种不可抗拒的力量。

“河中的水是大家的命根子，决不许受到任何污染。”

“怎么？你说我把水弄脏了？”

“是，现在遇上百年罕见的灾害，动物们挣扎在死亡线上，只好执行水边停战的制度。你却不为大家的整体利益考虑，违背丛林中的规矩，专门制造事端，随意伤人。到现在仍然执迷不悟，目空四海，自高自大，充分体现出你心胸狭窄的品质。

“因此，不能让你这无恶不作的败类玷污了河水的清白。”

大象哈蒂说完，紧接着抬起鼻子，指着瘸虎大喊一声：“滚！滚得远远的！”

河里的3只小象摆好架势，虎视眈眈地盯着邪汉。

瘸虎邪汉虽然心中恼火，但在大象哈蒂面前不敢逞凶，只好夹着尾巴，灰溜溜地钻入树林中。

“哈哈！在大象哈蒂面前，邪汉好像一只老鼠！”

棕熊伯鲁高兴得跳起又肥又胖的身子，拍手大笑。

“邪汉太无能了，没骨气的东西！”

大蟒蛇卡阿并不称颂哈蒂，不以为然地说，然后又卧在石头上休息去了。

动物的祖先

“瘸虎邪汉吃了人，却说别人无权干涉，到底为什么？”毛克利疑惑地问黑豹巴希拉。

“哎，巴希拉，动物们都认为伤害软弱无力的人类是一件不光彩的事，可哈蒂却不处罚它，是什么原因？”

“我也不明白。这家伙欺人太甚，如果不是哈蒂让它滚，我非得与它见个高低……吃了人后，不以为耻，反以为荣，而且夸夸其谈，把河水都弄脏了。刚才没给它点苦头尝尝，太便宜它了。”

黑豹巴希拉越想越窝火。

“我也想解解痒呢。”棕熊伯鲁说完，举起前爪晃了几晃。

毛克利抬起头，问大象哈蒂：“哈蒂老先生，邪汉伤害人类，凭什么不让别人干涉？”

别的野兽们也想解开心中的谜团，齐声问道：“哈蒂，告诉我们吧，究竟是什么缘故？”

大象哈蒂用眼睛扫了一下四周的动物，咳嗽一声，缓慢地说：

“好吧，你们站好，我来告诉你们。众所周知，人的身上没有锋利的牙齿，也没有尖硬的爪子，是一种软弱无力的动物。但我们为什么对人这么畏惧呢？就是因为人类是一种高级动物，头脑非常发达，具有想象不到的神奇本领。下面这个故事与人有着密切的联系。”

讲到这里，大象哈蒂喝了一口水，又接着讲：“那是非常古老的时候，动物们发现了这片丛林，在这里居住下来。动物们都互敬互爱，平等共事，过着美满的生活。那时候风调雨顺，树木茂盛，整个丛林简直就是动物的理想王国。那些动物，也就是我们的祖宗，除了个别的吃树皮，大部分都以植物为食物，没有争权夺利，没有钩心斗角，成天生活在自由在在、无忧无虑之中。

“那时，丛林中的最高统治者是我们大象的祖宗，名叫‘达阿’。它用象牙在地上耕出许多大河小溪，又用鼻子堆起许多山冈土坡，丛林就成了现在这个样子。动物们丰衣足食，不与外界接触，对人类一点也不了解。没过多长时间，丛林中的植物被吃得所剩无几，动物们为了抢夺食物争吵不休。

“当时丛林中的最高统治者达阿，日理万机，分不开身，委托一位比较出众的老虎，协助处理动物之间的矛盾，并宣布它为动物的首领。那只老虎，就是瘸虎邪汉的祖宗，与别的动物没什么区别，也以植物为生。那只老虎皮毛金黄，不像现在的虎，它身上没有黑色条纹，性格温驯，与其他动物关系融洽。

“在一个漆黑的夜晚，两只山羊发生了矛盾，他们互不相让，各说各有理，谁也说服不了对方，就让老虎去评判。老虎百般劝解，但谁也不作让步，一怒之下，老虎咬死了其中的一只。那时丛林中从未出现过一起流血事件，老虎看到自己制造的惨案，吓得无神无主，躲到遥远的北方去了。

“丛林中没有了首领，动物们更加放肆，武力战争成了家常便饭，丛林中的局面混乱不堪。阿达听到这种情况，马上回来视察。看到乱纷纷的场面，有点不高兴，又看见鲜血淋漓的山羊的尸体，它更加怒不可遏。仔细询问，但动物们谁也不承认是自己干的，又不说出谁是真正的凶手。

“没办法，只有另选一位首领，才能控制住混乱的局势。阿达对动物们说：‘我们将重新选举一位首领，来协调丛林中各个动物的关系，谁认为自己有这个管理能力，就站出来。’一只灰色的猴子从群中钻出来，说它愿意当首领。灰色猴子就是现在猴子的前辈，它一点真实本领也没有，只会自高自大，咋咋呼呼，因此达阿不同意。

“后来经不住灰色猴子的软磨硬泡，达阿勉强答应了，并且还要观察它一个阶段，看它是否能约束住其他的动物。灰色猴子高兴得爬上一棵大树，得意洋洋地说：‘从现在开始，我就是丛林中的首领，你们一切行动都得听我指挥，我聪明伶俐，本领高强。’

“动物们一声不吭，低着头嘲笑它，可灰色猴子正沉浸在喜悦之中，一点也没觉察出大家对它的不满，仍在树上发号施令。

“过了一顿饭工夫，灰色猴子就忘了自己是首领，连自己上树的原因也想不起来。以为是为了给大家表演才爬上树。于是它在树上来回跳跃，翻跟头，用尾巴挂住树枝来回晃悠。树下的动物们看见猴子的表演，禁不住哄堂大笑，他们有的拍手，有的跺脚，还有的吹口哨，使出全身本领来嘲笑伟大的猴子首领。

“猴子以为别人称赞它，越发觉得自己了不起，在树上的表演更加卖力了。我们的前辈达阿接到通报，开始不相信，回来一看，灰色猴子正在树上表演，树下的动物吵吵嚷嚷，打打闹闹，简直不成体统。达阿气得暴跳如雷，大声喝骂：‘停下来！停下来！你们不感到羞耻吗？目无组织，目无纪律，秩序混乱，这是丛林中的羞耻啊！’

“听了达阿的训斥，动物们都红着脸低下头，默不作声，愚蠢的灰猴还不知道达阿为什么发怒，仍在树上抓耳挠腮，摇头晃脑。

“达阿接着又说：‘老虎当首领时，制造了一起凶案，灰猴当首领又引起混乱，你们知道是什么原因吗？就是你们头脑中没有规矩这个概念。要想过上幸福美满的生活，你们必须按规矩办事。这次我推荐一位首领，来监督大家，它就是恐怖。恐怖长什么模样，住在哪里，我暂时保密，要你们去把它找出来。’

“从那天起，动物们起早贪黑，四处搜寻，去找恐怖。一天下午，六七头野牛喘着粗气跑回来，说他们找到了恐怖，别的动物都不相信，野牛就领着大家来到很远的一个山洞。动物们小心翼翼地藏在树丛中一看，只见洞口站着一个浑身光溜溜的动物，模样非常可怕。那动物也发现了他们，发出一声尖厉的叫声，动物们都吓得心惊肉跳，一个个抱头鼠窜。晚上，动物们不敢单独活动，出来进去都和同伴们在一块。

“喜欢搬弄口舌的飞鸢马上飞到老虎藏身的地方，向它报告了这一情况。老虎听后，勃然大怒，当场口出狂言：‘知道了，我马上去取他的性命！’

“老虎气势汹汹地出发了，一路上杂草丛生，荆棘密布，老虎被划得鲜血淋漓，从那以后，身上就留下了一道道疤痕，皮毛也变成一道道黑色，所以现在的老虎身上都有黑色条纹。

“老虎来到洞口，被认为是恐怖的那个光溜溜的家伙大吼一声：‘呔！你身上长着黑色条纹，是什么东西？敢来这儿捣乱？’

“还没动手，老虎就被那吼声吓得浑身发软，不住地发抖，赶紧转身，又跑回原来藏身的地方。老虎回去以后，越想越窝火，为了发泄心中的怒气，仰天长啸，声音洪亮，传出很远，震得树叶都掉下一大片。

“达阿听到老虎的啸声，循声过来问它：‘你为什么长啸，有什么惹你生气的事吗？’

“老虎长出了一口气回答说：‘达阿，我真想不明白，我为什么这样胆小？听那个光身子的家伙一吼，就吓得双腿发软，没命地跑回来。我现在想起来都感到羞耻，恨不得找条地缝钻进去。达阿，还让我当丛林中的首领吧，我会好好干的。那家伙耻笑我身上长着黑色条纹，要是不好好教训他一顿，我活在世上还有什么意思呢？’

“达阿问老虎：‘咦！你身上的黑色条纹是怎么回事？是不是染上了脏物？要不你在草丛里滚一滚，然后用水洗一洗，我看就没有了。’

“‘嗯，这个主意不错。’老虎说完，就滚到草丛中，不停地翻动身体，但黑色条纹仍然沾在身上。老虎心中发火，不由得加快翻滚的速度，到后来越滚越快，好像一个巨大的陀螺，但黑色条纹仍然清晰地留在身上。

“这时候，达阿发出一阵冷笑。老虎停止滚动，愁眉苦脸地向达阿请教：‘达阿，这是为什么？我滚了这么长时间，为什么脏物还在身上，难受死了，老天为什么对我如此不公平？’

“我们大象的祖宗停下冷笑，告诉它：‘以前丛林中的动物都非常友好，相互之间没什么意见，可自从你残忍地咬死山羊后，大家都提心吊胆，惶惶不可终日。你身上的条纹永远不会掉下来，这是上天对你的惩罚。以前你性格善良，大家都与你亲近，现在他们预料不到你什么时候会发脾气，所以不可能继续让你当首领。’

“老虎听了达阿的话，发疯般地大叫：‘不可能，不可能，大家不可能疏远我，他们相信我。’

“达阿见它不相信，就说：‘那好吧，你去了丛林就知道了’。

“老虎又回到丛林中，提高嗓门大声吆喝各种动物的名字，但动物们都吓得浑身发抖，躲在暗处不敢出来。老虎看到这种情景，知道大家都讨厌它，伤心得抱头痛哭，一边哭，一边说：‘唉，我本是丛林中的首领，为大家排忧解难，大家看得起，都与我十分要好。可现在，我成了离群的孤雁，他们都不喜欢我了。他们不仅痛恨我，而且痛恨我的后代。达阿，我该怎么办呢？你帮我出个主意吧！’

“达阿见老虎哭得伤心，有些可怜，便安慰它说：‘这样吧，在一年的时间内，你只能作一天首领，就在你咬死山羊的那天。这一天里，动物们仍像从前那样与你亲近。那个浑身光溜溜的东西叫做人，到了那天晚上，你不必怕他，倒是他要惧怕你呢。可是有一条你必须遵守：在你当首领的那一天不许发怒，好好地对待大家。’

“老虎听了，欣喜若狂，十分爽快地答应了。一天上午，老虎正在一条小溪里玩耍，在水中看见自己身上的黑色条纹，又想起人对它的羞辱，但因为向达阿下过保证，所以没有发作。到了当首领的那天，它鬼鬼祟祟地来到人住的地方，正好一个人走了出来。老虎一声怒吼，把人吓晕，过去将他咬得血肉模糊。正在这时，达阿从天而降，来到老虎身边，同样大吼一声。”

说到这里，大象哈蒂伸长鼻子，指向天空。顷刻之间，西奥尼山的上空滚过一片乌黑的云彩，不一会儿，电闪雷鸣，震撼着大地。

“我想，大象的先辈达阿，定是天上的神仙。”棕熊伯鲁若有所思地说。

哈蒂看了它一眼，继续讲下去：“老虎看见达阿来到跟前，不由惊恐万分，可过了一会儿，没见动静，它又摆出不可一世的架势，恶狠狠地说：‘我做了一件大好事，恐怖被我铲除了，恐怖一死，丛林中就平安无事了，我是为大家谋利益的英雄。’

“达阿一字一句地对它说：‘笨蛋，蠢猪，你想得倒美，你算什么英雄？你知道吗？人类马上就会疯狂地报复，不仅是你，所有动物都要跟着遭殃。丛林不但不会太平无事，为了对付人类的疯狂报复，恐怕今后丛林中永无宁日了。’

“老虎不相信，一脸满不在乎的表情，说：‘不可能，我一声怒吼就将人吓得瘫软在地，别人哪有胆量前来复仇。丛林中的恐怖将从此消失，我是维护正义的英雄，大家一定会把我当做首领看待。’

“‘你不相信，我也没办法。我敢肯定，没有谁愿意拥护你当首领。还有，你得提高警惕，人们会使用一切手段来捕获你，他们绝不会心慈手软放过你。’

“老虎听了，心中惊恐，但假装不害怕的样子说：‘你不是说过，每年我当首领的那一天，人是畏惧我的吗？’

“‘嗯，没错，但除了这一天，人就不怕你了，你可要注意啊！’

“老虎仍然存在侥幸心理，说：‘对了，我已经把人吞进肚里去了，还有什么好怕的？’

“‘蠢猪，你以为世界上只有一个人吗？人多着呢，不计其数啊！’

“这时，太阳从东方冉冉升起，天边霞光万道，新的一天已经来临。从洞中出来的人看见同伴的尸体，急忙返回洞里，手持一根标枪，跑了出来。对准老虎一扔，刺入它的肚子，老虎疼得哇哇大叫，四处乱窜。

“后来，标枪碰在一块石头上，但枪尖却留在肚子里。老虎疼痛难忍，发出凄厉恐怖的叫声。其他动物们惊得目瞪口呆，几乎瘫倒。他们这才知道人类智慧无穷，威力无比。恐怖笼罩着整个丛林。

“从那时起，动物与人类结下怨仇，人们开始使用各种手段，大肆捕杀动物。但是，到了老虎当首领那天，人们就不厉害了，老虎及它的后代们在这一天可以大发虎威，随便咬人。丛林中的所有动物都提心吊胆，日日夜夜加强戒备，以防受到伤害。从此，丛林中就开始变得恐怖了。”

大象哈蒂的故事讲完了，动物们的思绪从悠悠往事回到现实中来。

毛克利静静地坐在河岸上，低头沉思，忽然，他抬起头问棕熊伯鲁：“伯鲁，哈蒂的故事中，我有个地方没弄明白。”

“哦！你说吧，哪个地方弄不明白？”

“老虎的先辈以前是草食动物，尽管它伤害了山羊和人，但没有把他们吞进肚里，我想问一下，什么时候老虎变成肉食动物？”

棕熊伯鲁听了，心中欢喜，微笑着说：“孩子，你的脑袋实在机灵，别的野兽与你没法相比。……由于老虎身上的黑色条纹永久存在，它觉得是一种耻辱，成天愤愤不平，心中难受，看到眼前的植物，感到恶心，咽不下去。后来肚子饿得支持不住，只好吃野兽的肉了。从那时起，它们就成为肉食动物。”

“喂，伯鲁，你对往事挺熟悉嘛，为什么不讲给我听呢？”

“嘿嘿，毛克利，丛林中的故事多如牛毛，数不胜数。如果你想听，以后有时间，我慢慢地告诉你。”

棕熊伯鲁一边说，一边将水淋在毛克利的身上，看上去好开心哟！

慑人的目光

不知不觉中，毛克利已在丛林中度过11个春秋。毛克利出生以来就与狼群为伴，因此身体比一般人的孩子健壮。

11年中，毛克利经历的事情太多太多，酸甜苦辣，不胜枚举。

毛克利从小按照狼的方式生活，因此不懂人类的语言。对人类的生活习惯和处世原则一窍不通。起先，他不知道自己的身世，以为自己也是一只小狼，处在狼群中，并不感到别扭。

慢慢地，他的心中产生了一个谜——自己的身躯和相貌为什么与众不同呢？

“噢，我知道了，我是蛙类动物，因为我名叫毛克利……不可能！我从小与狼一起生活，肯定属于狼族。”毛克利以狼的语言对自己说。近来，他经常独自一人，胡思乱想。

公狼和母狼把他当做亲生儿子，百般疼爱，常常提醒他们外出活动时要处处留神：“要仔细留神丛林中的各种响动，可不能粗心大意，因为每一种响动代表一种信号，如不提高警惕，可能带来意想不到的后果。”

毛克利与4只小狼把公狼和母狼的告诫，深深地印在脑海中。随着毛克利一天天成长，4只小狼兄弟也成了大狼。毛克利仍然由棕熊伯鲁传授丛林规矩和其他本领。放学后，毛克利一个人在丛林里找点吃的，困了就躺一会儿，直到太阳落山，才回到“家”中。

毛克利肚子饥饿时，就上树吃点蜂蜜，听棕熊伯鲁说，蜂蜜的营养价值很高。黑豹巴希拉爬树的本领除了比不上猴子，比其他动物都强，甚至可以睡在树枝上。因此，它负责指导毛克利学习爬树。经过艰苦的跌、滚、爬，毛克利爬树的技术与猴子不相上下，甚至超过巴希拉。

狼族每月举行的隆重集会，毛克利从不缺席。有一回，毛克利在会场中低头沉思，抬头时无意间迎住另一只狼的目光，狼好像有点恐惧，急忙低下头去。毛克利有点摸不着头脑。

“它为什么看见我的目光，有点害怕呢？”带着这个疑问，他又试着去看别的狼。咦！真有点邪门，他的目光一扫，狼就赶紧移开视线。毛克利感到骄傲：别的狼对我心存惧意。

他是人类的孩子，虽然从小与狼为伴，过着狼的生活，但与生俱来的气魄却不可能消失，正因为他的目光中包含着人类伟大而神奇的力量，其余狼们才有点儿心慌。

有个别脾气暴躁的狼，不甘心，想与他比试比试，但一迎住他摄人心魄的目光，就心底发虚。自然而然的，毛克利在狼群中树立了很高的威信。就连狼族的首领阿克拉，也对毛克利刮目相看。

日久天长的奔跑跳跃，营养丰富的肉类野果，大自然的空气阳光，在这种环境下生活的毛克利肌肉发达、体形优美，再加上长发飘飘，双目有神，浑身上下充满激情和朝气，好一个英俊挺拔的人类少年。

长时间的兽类生活，没有磨灭他人类的慈善和灵气。每当同伴受到伤害或遇到其他困难，毛克利总是倾尽全力，给予帮助。

西奥尼山下面有一片宽广的平原，居住着许多人类，毛克利一看到进进出出的人们就自言自语："嗯！我和他们长得一模一样！"

他这样说，并不是向往人类的居住环境和生活方式。恰恰相反，他对人类怀着敌视的心理，他经常听伯鲁和公狼提醒他：人类是所有动物的可怕敌人。

有一件事情，令他终生难忘：毛克利和黑豹巴希拉到山下的村子去寻找食物，他们正悄悄地向村子靠近，突然"啪"的一声，从地上钻出一个奇特的东西，差点碰在脚上。

"这个东西就是捕兽夹，是人类对付我们的武器，特别锋利。"巴希特惊魂未定，告诉毛克利说。

毛克利仔细一看，夹子上面布满了又尖又长的铁钉，吓得他面无血色，不寒而栗，从此，对人类恨之入骨。这一来，他们捕食的兴致一扫而光，垂头丧气地转身回去。

黑豹巴希拉捕获食物的本领高强，像野兔、野猪之类的动物，一般都逃不过它的眼睛和利爪。一到傍晚，就给毛克利带回许多新鲜兽肉。毛克利经常跟在巴希拉的身边，不久就学会了捕猎技术，此时，即使手无寸铁，他也可以逮住野兔和小鹿，甚至可以擒住比他身体还大的野兽。

可是他从不猎取人类的家畜，因为丛林中有一条禁止捕杀家畜的规定。另外，他也不去伤害野牛，因为巴希拉不止一次地对他说过：“毛克利，你刚学会走路时，跟随公狼出席集会，狼们不承认你的身份，要将你咬死，后来我与棕熊伯鲁替你担保，并把一野牛送给狼们，才保住你的性命。因此，野牛对你有救命之恩，你不能恩将仇报，伤害野牛啊！”

毛克利将巴希拉的教诲牢牢记在心中。他生性活泼，但非常正直，从不违反丛林中的规矩。

邪汉耍花招

母狼拉克夏看见毛克利出落得体格健壮，且又善良勇敢，心中好不喜欢，她经常告诫毛克利：“毛克利，你不要轻视瘸虎邪汉，那个坏蛋仍然贼心不死，经常打你的主意。在你小的时候，邪汉就对你垂涎三尺，有一回来到这儿，威胁我们交出你，被你父亲骂了个狗血喷头。临走时，邪汉留下话说不会放过我们。那家伙看上去没事似的，实际上一直怀恨在心，等待时机要吃掉你。再过几年，你年龄大了，一定要想个办法处理它。”

毛克利听完后当时有点胆怯，但两三天后就忘得一干二净，他毕竟还是个贪玩的孩子。有时碰见瘸虎邪汉，也不小心提防。

但邪汉也没下毒手，它脑中大概考虑着该如何将他利索地干掉。瘸虎邪汉见阿克拉年老力衰，精神大不如从前，便想出一条毒计。

邪汉来到狼群，装出友好的样子，说：“嗨！我们一块去捕食吧，你们可以吃最新鲜的肉。”

一些年纪小的狼毫无心机，爽快地答应了。邪汉确实有些本领，好几十只狼合力对付不了的野兽，邪汉轻而易举就捕获了。狼们也可分一些它吃剩的东西。年纪小的那些狼对邪汉十分佩服，都乐意与它一块去捕食。

以前，狼群首领阿克拉经常告诫大家：“我们是一个团结、正义的种族，我们应该自食其力，捕获食物不要依靠外部力量。如果碰到庞大的凶猛动物，我们就齐心协力，群起而攻之。吃别人剩下的东西，是一种羞耻，整个狼族都脸上无光，如果发现这种情况，一定要严肃处理，决不轻饶。”

瘸虎邪汉知道阿克拉始终坚持这种观点，觉得现在时机成熟，便鼓动狼们说：“阿克拉已到垂暮之年，你们一个个生龙活虎，机智勇敢，它没能力继续作首领了。还有，那个不长毛的小家伙，手无缚鸡之力，你们凭什么怕他呢？”

邪汉的鼓动发生了很大作用，年轻的狼们听了，一个个摩拳擦掌，跃跃欲试。

黑豹巴希拉机警过人，一眼就看穿了邪汉的鬼把戏。它找到毛克利，用关切的语气说：“毛克利，你可不能大意，瘸虎邪汉要置你于死地！”

毛克利听了，满不在乎地说：“邪汉有什么了不起？狼族里这么多好朋友，你和棕熊伯鲁不离左右，邪汉就算有天大的本事，能把我怎么样？”

“噢！你说得不错。可是这几天邪汉经常鼓动一些狼反对你。那些狼年幼无知，很容易受骗。你还是小心谨慎为好。”

“嗯，我知道了，你不用担心。”

毛克利年轻气盛，没把瘸虎邪汉放在眼里。可黑豹巴希拉却提心吊胆，念念不忘。

又过了几天，毛克利正在草丛中玩耍，黑豹巴希拉慌慌张张地跑过来，拉住他的手说：“毛克利，我从刺猬乙奇口中得到一个消息，说瘸虎邪汉要采取行动了！”

“巴希拉，乙奇的话你也相信？那家伙成天游手好闲，哪有一句真话？”

“喂，不许在背后议论别人的短处，这是丛林中的规矩，难道你忘了吗？……毛克利，已经与你说过好几回了，对瘸虎邪汉千万不能掉以轻心，邪汉马上就要采取行动，别的动物都知道了，大巴希没向你提起过？”

一提到大巴希，毛克利就反感起来：“大巴希又懒又馋，喜欢搬弄是非，我最烦它。前几天对我说：‘你不是野兽，应当回到人类中去。’我听了非常生气，狠狠地把它教训了一顿。”

“毛克利，你不应该教训它，大巴希虽然不是好东西，但对你说的话是有道理的，况且也是为你考虑，应该让它讲下去，听听它的看法。还有，年幼无知的狼们被瘸虎邪汉哄得晕头转向，准备把你从狼群中驱逐出去，由于阿克拉仍然统治着他们，因此不敢轻举妄动。阿克拉越来越老，用不了多长时间，就会被赶下台，另选一只年富力强的狼作首领。狼族的统治大权如果落在旁人手中，你和阿克拉的后果不堪设想啊！”

“我不知道自己的真正身世，但我从小与狼为伴，与他们建立了深厚的感情，舍不得离开抚养我的父母和亲如骨肉的四只狼兄弟，我要永远和他们生活在一起。”毛克利说着，两行热泪顺着脸颊滚落下来。

“尽管我身世不明，但心中一直把自己当做一只狼。我熟悉丛林中的各种礼节，喜欢狼的生活习惯，与其他的狼关系也很密切，什么人类，我才懒得理会呢。”

黑豹巴希拉用疑惑的目光打量着毛克利，觉得他的观点不可思议。然后，它扬起脖子，对毛克利说：“毛克利，你看我的脖子上有什么东西？”

毛克利伸出双手，在巴希拉的脖子上摸了起来。

“咦！这是什么东西，为什么这样硬？”毛克利摸到它脖子上有一圈特别坚硬的东西，惊奇地问。

巴希拉叹了一口气，缓缓地说："这个秘密在我心中保存了好长时间，今天告诉你吧。我是在人类中长大的，我妈妈生活在吴芝波尔王宫里，被人们喂养着，因此，我对人类有一种特殊的感情。你刚学会走路时，跟随公狼去参加集会，我一见你，就想起了如烟的往事……当时，狼们不承认你的身份，准备吃掉你，我和伯鲁出面担保，用一头野牛为代价，将你从死亡的边缘拉回来。

"我小的时候，被关在铁笼中，吃着人们送来的食物，根本不知道外面有高山、丛林和广阔的天地，只是安于现状，得过且过。后来，不知什么原因，我妈妈忽然去世，留下我孤身一人。

"那天夜里，我躺在地上翻来覆去睡不着，独自一人胡思乱想，脑海中忽然闪过一个念头，我意识到自己不是人，是黑豹，名叫巴希拉，应该回归大自然，不能一辈子充当人的玩物。

"我骨子里的野性一发不可收拾，浑身躁动不安，有一种冲动的欲望后，我便用牙齿和利爪打破铁笼，逃到这片丛林中。与其他动物相比，我对人类的认识更加深刻，无论人类多么奸诈歹毒，我都有对付的办法，这也是狼们畏惧我的一个重要原因。"

听到这里，毛克利插话说："嗯！狼们一见你就发慌，可是我没有这种感觉。"

黑豹巴希拉继续说："因为你是人类的孩子，所以不畏惧我。大巴希说的没错，你应该生活在人类中，就像我从笼子里逃出来一样，去找你的骨肉同胞。"

"可他们为什么要打击我呢？"

"毛克利，你虽然生活在丛林中，但人类特有的智慧和威严，仍然在你身上留下了深深的烙印，动物们对你有一种发自内心的恐惧，我也不例外，每当看见你的目光，就觉得心虚。正因如此，动物们由恐惧转变为恼怒，把你视为眼中之钉。"

"嗯，真是莫名其妙。"毛克利摇着头说。

“况且，你心地善良，助人为乐，在狼群中树立了很高的威信，趁你羽翼未丰，他们要提前下手，拔掉你这颗眼中钉。最让人放心不下的是：阿克拉上了年纪，力不从心，狼们不会像以前一样，对它言听计从，到时候，你和阿克拉就有危险了。”

黑豹巴希拉突然停下来，抓住毛克利的手，激动地说：“哦，我差点忘了，山下居住的人们，有一种红花，是一种威力很大的武器。你去取一朵回来，有了它，我们就可以征服一切动物。”

毛克利沉思了一会儿，恍然大悟，说：“我明白了，每天晚上，人们的家中都出现一种红花，我马上去取。”

“好！你真勇敢，到底是人类的孩子。”

黑豹巴希拉眉飞色舞，称赞毛克利。

毛克利亲昵地抱住巴希拉的脑袋，轻声问道：“巴希拉，你说邪汉一定不会放过我吗？”

“是的，它一定要置你于死地。”

“哼，如果是这样的话，我就先下手为强吧！”

毛克利斩钉截铁地说完，转过身，一溜烟儿跑了。

黑豹巴希拉望着他的背影，露出了满意的微笑。

阿克拉中计了

太阳落山的时候，毛克利回到狼洞，坐在地上，哀声叹气。

母狼拉克夏见他有些异样，关切地问：“毛克利，有什么不高兴的事吗？”

“哦！没有，听说邪汉要对我采取不利行动。我想下山去转转。”毛克利怕母狼阻拦，没有说出关于红花的事情。

没等母狼答应，毛克利像一支离弦之箭，飞快地跑出洞外。

在一座小山坡前，毛克利听到一阵喊杀声。

“啊！是狼群追捕一头凶猛的野牛，看样子不好对付！”毛克利惊呼一声。

在山坡那边，一头健壮的野牛被狼们围在中间，野牛狗急跳墙，猛地往前一窜，双角刺入一头狼的肚子，那只狼惨叫一声，倒在血泊之中。

凶悍的狼们前仆后继，逐渐缩紧包围圈，野牛左冲右突，仍然冲不出去。四周的狼们吼声震天，但谁也不敢去冒险，靠近野牛的身子，双方就这样对峙着。

这时，一只年轻的狼提高嗓门说：“阿克拉！就看你的了！”

其他的狼一呼百应，齐声高叫，让阿克拉出手。这些歹毒的狼，心中期盼野牛顶死阿克拉，这样就可以重新推举一位首领。

阿克拉虽然年老力衰，但又丢不起脸，只好硬着头皮出战。它抖擞精神，抱着必死的信念，向野牛冲过去。

只见野牛灵敏地一闪身，躲开了阿克拉的进攻，接着抬起后脚，闪电般踢向阿克拉。这只老狼发出一声绝望的叫声，倒在地上。

毛克利在山坡那边听到阿克拉的惨叫，大惊失色，嘴里喃喃地说：“不好了！巴希特说的一点不错。年幼无知的狼听信了邪汉的挑拨，怂恿年老体弱的阿克拉去搏杀凶猛的野牛，阿克拉果然中计，现在不知生死。下一步的攻击目标，就轮到我了。嘿嘿！想消灭我，没那么容易，做梦去吧！我取到红花，就不怕他们人多势众，到时候与它见个高低。”

毛克利想到阿克拉的命运、狼们的无知冲动、瘸虎邪汉的阴险毒辣，禁不住怒火中烧。为了取到威力无比的红花，他飞快地向山下跑去。

美丽的红花

毛克利终于跑到村庄，累得气喘吁吁，浑身是汗。

此时，皓月当空，繁星满天，已是深夜时分。毛克利悄悄地摸进一户人家的院子，藏在角落里，探头探脑地向屋里望去。

屋子里，有一朵巨大的红花，与其他花不同的是：这朵花的模样不停地变化，左右摇晃，忽高忽低，时大时小，看上去有一种朦胧的感觉。

“大概这就是巴希拉所说的红花了！”毛克利聚精会神地看着红花。

一位小姑娘将一块黑乎乎的“石头”放到花上，一下子红花盛开，体积突然大了许多。

“哦！一碰到黑石头，红花就会长大！”毛克利看得惊奇不已，捉摸不透。

不长时间，红花变得越来越小，眼看就要消失。只见小姑娘又放了一块黑“石头”，红花再次盛开，渐渐变大，花瓣还夹杂着别的颜色，十分美丽。

毛克利看见红花飘忽不定，朦朦胧胧，没有固定形状，不知该怎样将它拿到手中。于是低下头来，苦思冥想。

东方已经发白，太阳马上就要升起，可毛克利仍然没有想出取红花的方法。红花与原来一样，每当快要枯萎时，小姑娘就放上一块石头，它又开放如初。

正在毛克利挖空心思、脑子飞快转动的时候，一个手提铁桶的小男孩来到房中。他用一把铁铲，铲起一朵红花放在桶中，拿铁片盖上，提着铁桶来到院子里。毛克利等他走到跟前，突然跳起来，伸手夺过铁桶，转身就跑。

跑了好长时间，毛克利回头看看，没有人追上来。他学着小姑娘的模样，向红花吹了一口气，红花一下子发出亮光，一股热浪扑面而来。见红花将要萎缩，毛克利想起应该喂它点食物，他手中没有黑“石头”，就捡了几根树枝扔进铁桶中。这次红花一下子蹿起来，足有3尺高。

亲爱的读者们，你们已经猜出来了吧？毛克利盗取的红花，实际上是熊熊燃烧的火。

毛克利跑回丛林中，找到黑豹巴希拉，将铁桶放在它面前，手舞足蹈地说：“巴希拉，你看，我将红花取回来了。”

黑豹巴希拉欣喜若狂，又蹦又跳地说：“毛克利，你真勇敢！了不起！……昨天傍晚，阿克拉在捕杀野牛时受到重伤，一些狼说它软弱无能，不适合领导狼群，推翻了阿克拉的统治，并且还要害死它。可怜阿克拉一生英勇，却中了他们的诡计，落得如此下场。但那些家伙并不满足，昨天整整找了你一夜，准备将你咬死。你必须小心谨慎，以防万一啊！”

“嗯，我会小心的。这次红花到手，不怕他们。”

“好！这红花不错，威力极大，你与阿克拉没有生命危险了。”

“可是，我不知道它的用法呀！”

“把干柴、树枝之类的放上去，就长出红花，举在手中，所有动物都不敢近身。你觉得红花可怕吗？”

“不可怕。我脑中隐约记得以前见过这种东西。”

毛克利当然不知道，瘸虎邪汉是在营火边将他的亲生父母吓跑的。

毛克利与黑豹巴希拉又聊了一会儿别的事情，独自回到狼洞。公狼、母狼和狼兄弟都到外面捕食去了，他一个人对着火研究起来。

群狼造反

前面我们已经讲过，丛林中，最卑鄙、最歹毒的动物是大巴希，这家伙又懒又馋，善于挑拨离间、阿谀奉承，经常欺压弱小动物。这时，它受狼的委托，到狼洞来通知毛克利参加大会。

大巴希一向不喜欢毛克利，它心想毛克利已知道狼们召开会议的目的就是要杀死他。它以为毛克利接到通知后定会吓得瘫倒在地，那时它就可以站在一旁看笑话了。想着想着，来到洞口，大声说："毛克利，太阳落山后召开紧急会议，到时候你务必出席。"

哪知毛克利听了并没害怕，而是面不改色，镇定自如。

反倒是大巴希吃了一惊，它用不解的目光看着毛克利，想道：

"这小东西的神经出了问题，要不就是中邪了。"

傍晚时分，毛克利提着装火的铁桶，激动地去参加会议。会场中，首领的座位空空如也，气氛也不同于以往，瘸虎邪汉带着几只狼大模大样地走来走去，阿克拉低头坐在一个角落里。

以前，邪汉从未参加过狼的大会，现在，那些被骗得分不清东南西北的狼们，因为邪汉给它们施舍了一点食物，就把它当做嘉宾，好像一副首领的模样。

毛克利找了一个空位坐下，将铁桶放在两腿之间，胳膊压在上面，以免被别的动物看见。黑豹巴希拉挨他坐下，两眼警惕地望着会场。与毛克利要好的一些狼，围坐在他身边。

等狼们来得差不多了，瘸虎邪汉得意洋洋开始讲话。首领阿克拉在位时，邪汉没有在会上发言的资格，而今，邪汉居然指手画脚地发表意见，毛克利气得横眉怒目，怒不可遏，阿克拉唉声叹气，伤心不已。

黑豹巴希拉对着毛克利的耳朵小声说：“毛克利，不要听它胡说八道，出去反驳它。”

毛克利“呼”的一声站起来，两眼扫视了一下全场，镇定有力地说：“兄弟们！伙伴们！我们是一个团结的、正义的种族，难道你们要选举邪汉当首领吗？你们愿意让外人来领导我们吗？首领应由大家共同选举，不要轻信别人的花言巧语，这是我们的内部事情，别人无权干涉！”

邪汉见狼们对毛克利的话无动于衷，更觉得趾高气扬，冷笑了几声说：“嘿嘿！小家伙，这由不得你，因为大家都拥护我。”

这时，一只老狼提议：“大家不要争吵，让前任首领阿克拉谈谈它的看法。”

阿克拉站起身，满脸悲愤，沉重有力地说：“伙伴们！10多年来，我有幸被大家选为首领，与大家一同捕杀猎物，从没发生什么差错，不管多大的困难，也挺了过来。为此，我感到非常自豪。可是前天捕杀野牛时我受了重伤，因为我陷入了一些狼的圈套中，那些家伙知我年老体衰，在最危险的时候让我出阵，结果，我伤在野牛的蹄下。

“这些人趁机造谣，说我没有本事，不可再担当首领的重任。这是一个歹毒的阴谋。不管怎么说，我斗不过野牛是客观存在的事实，因为丛林中有规定，凡捕获不了猎物的首领就要让位，还要被处死，所以我不想作过多的解释。

“以前在位时，我时常教训大家要服从规定，这规定对于我同样适用。现在，我已不是什么首领，你们有权利将我处死。根据规矩，我不会引颈就戮，你们出手吧，哪位能把我杀掉，我无话可说。生前我的名声极高，死后也不愿让别人说三道四。”

阿克拉虽然年纪大了，又受了重伤，但两眼仍发出锐利的光芒，余威犹存。狼们不敢贸然出来与它决斗，会场上鸦雀无声。

邪汉想了一会儿，狡猾地说：“哼！阿克拉已经到了垂死挣扎的地步，就是不杀它，也活不了多长时间。我们现在需要对付的是毛克利。他本是人类的孩子，10多年前，我吓跑他的父母，他应该是我的食物，现在我要占有他。况且，这小东西横行霸道，为非作歹，目无组织，目无纪律，是丛林中的害群之马。人类是我们动物的可怕敌人，我今天要为各位主持公道，铲除这个异端。”

听了邪汉的话，一些受蒙骗的狼们大喊大叫，有的要把毛克利扔到沟中，有的要把他驱逐出丛林，让他回到村子里与人一块生活。

瘸虎邪汉听说要把毛克利送回村庄，急忙大声说：“不行，这家伙如果回到人的环境中，一定会鼓动人们来围攻我们，到那时，我们会遭到灭顶之灾。因此，还是让我来个斩草除根。你们都惧怕他的目光，我却没将他放在眼里。”

邪汉说完，眼露凶光，紧紧盯着毛克利，其他一些狼受到鼓动，将毛克利围在中间，准备发起进攻。会场的气氛顿时紧张起来，毛克利处在生死边缘。

阿克拉看到这种情形，站起身来，走到毛克利跟前，大声说：

“不许伤害他，他虽然是人类的孩子，但从小与我们生活在一起，非常严格地遵守着丛林中的各种规矩，况且，在以前的集会上，我们也承认了他的地位，接受他加入我们狼族。”

站在一旁的黑豹巴希拉怒眼圆睁，挡在毛克利身前，摆出一副拼命的架势，怒吼着说：“哼哼！你们不会忘记吧，毛克利小时候参加集会，我用一头野牛将他换出，如果你们为难他，说明没把我放在眼里。你们胆敢损伤他一根汗毛，我决不会袖手不管，一定与你们势不两立！”

慑于黑豹巴希拉的威力，包围毛克利的一些狼们被怔住了，不由自主地后退了几步。

瘸虎邪汉见狼们畏缩不前，站出来厉声说道：“巴希拉，不要啰嗦，不把毛克利交出来，我不会善罢甘休！”

阿克拉控制不住心中的怒火，大声疾呼：“朋友们！我再说几句，毛克利虽是人类的孩子，相貌与我们千差万别，但他是在狼群中长大的，与我们建立了深厚的感情，亲如骨肉，现在兄弟们自相残杀，于心何忍，各位要三思而后行啊！”

阿克拉说到这里，深情地看了毛克利一眼，充满慈爱地说：

“伙伴们，你们轻信邪汉的花言巧语，无视丛林中的规矩，随意伤害人类。不靠自己的勇敢和智慧去捕获食物，而靠别人的施舍厚着脸皮生活，我真为你们感到羞耻。你们没骨气，一个个都是胆小鬼，与这种动物生活在一起有什么意义啊！因此你们来处死我吧，我甘愿替毛克利去死，只要你们不加害他，我就束手待毙，决不还手，请你们动手吧！”

阿克拉的话掷地有声，响彻会场。狼们都被它那种视死如归的大无畏精神深深感动了。但仍有一些顽固的狼执迷不悟，叫嚷着要杀死毛克利。他们一个个张牙舞爪，摩拳擦掌，跃跃欲试。

红花痛击老虎

黑豹巴希拉见事态严峻，已经没有缓和的余地，紧咬牙根，一字一句地对毛克利说：“今天的局面不会出现转机，你打消一切幻想吧，将红花取出来，用武力征服他们！”

毛克利犹豫了好长时间，终于下定决心，将铁桶缓缓地举过头顶，嘴里发出一声炸雷似的吼声。

瘸虎邪汉与狼们像中了魔似的，呆立当场，一动不动。

此时，毛克利的心中好像打翻了五味瓶，酸甜苦辣一齐涌上来。是啊，眼前都是朝夕相处的伙伴，现在却要兵刃相见，他不明白，自己为什么会被如此痛恨。

“呔！你们听着！你们既然一口咬定我不是狼，我没有办法，本来我准备一辈子生活在丛林中，现在看来，这个愿望不可能实现，从此以后，我宣布脱离狼群，和你们没有一丝牵连。你们逼得我走投无路，我只好回到人类的社会中去。我不会让你们的阴谋就此得逞，请看，这是我送给你们的礼物！”

毛克利说完，举起铁桶，将“红花”掷在地上。一阵“噼噼啪啪”，火焰四散，周围的树枝枯草立即燃烧起来。动物们吓得肝胆俱裂，四肢发软，虽想逃跑，但迈不开步。

毛克利点燃一根树枝，迎风一挥，树枝马上熊熊燃烧起来，冒出长长的红色火焰。毛克利怒视着邪汉和作乱的狼们，一步步向前走去，吓得他们不住地后退。

黑豹巴希拉跑过去搂住毛克利，激动地大叫：“毛克利！丛林中，你的本领最高，谁也不是你的对手，你应该是最高首领。阿克拉是你的生死之交，但愿你好好地照顾它。”

毛克利听了，点头称是。阿克拉双眼含满泪水，垂头丧气地蹲在一边。这位狼群的首领，一生当中经历了无数大风大浪，闯过无数难关，带领狼群纵横驰骋，是何等的威风，而现在却要在别人的庇护下苟且偷生，此时的心情，有说不出的难受。

毛克利来到阿克拉身旁，一边抚摸着它的耳朵，一边沉重地说：“阿克拉多年来为大家的生存出生入死，做出了很大的贡献，它现在年事已高，又被野牛踢了一脚，身体虚弱。从此以后，谁也不准欺侮它。”

说完，又转过身，对着狼群说：“你们这些丛林中的败类，与邪汉同流合污，逼得我无处容身。我虽然对你们有很深的感情，但不会像从前那样，把你们当做亲兄弟。不管什么时候，我也做不出出卖朋友的无耻之举。”

他的话发自内心，感人肺腑，大伙听了，感动不已。黑豹巴希拉与阿克拉站在一旁，眼泪无声地流下来。

红花，威力巨大的红花，握在毛克利手中，代表着自由，代表着胜利，代表着美丽，燃遍了丛林，映红了天空。刚才还气势汹汹的狼们，现在都不寒而栗。

毛克利眼中突然射出两束怒火，直扫狼群。瘸虎邪汉躲在狼群中间，缩头缩尾，浑身发抖。毛克利抬起腿，一步一步走入狼群，狼们急忙闪身让路。毛克利来到瘸虎邪汉跟前，托起它的下巴，揪住胡须，像审判犯人一样，沉重有力地说："瘸虎邪汉，抬起头来，看着我的眼睛！"

邪汉早吓得魂飞魄散，哪里还敢抬头，趴在地上，一动不动。

毛克利接着说："邪汉！你这个阴险狡猾的家伙！以前没把我害死，现在却哄骗一些没有头脑的狼们来攻击我，真是罪该万死！我就在这里，你为什么不动手啊！胆小鬼！让你尝尝我的厉害！"话音刚落，手中的树枝奋力击向邪汉的脑袋。

"啪"的一声，火星四射，"哧"的一声，白烟滚滚。

"啊——呀——"邪汉疼得撕心裂肺，叫声响彻丛林。虽然想逃，哪有半分力气。毛克利挥舞手中燃烧着的树枝，劈头盖脸，一顿乱打。不可一世的瘸虎被烧得焦头烂额，惨不忍睹。

"哼！邪汉你听着，这次饶你不死，如果仍然为非作歹，下次让我碰上了，一定将你碎尸万段。"

毛克利话锋一转，对狼群说："告诉你们，谁也不能欺侮阿克拉！否则的话，我不会放过你们……还磨蹭什么？快点滚吧！"

转眼间，邪汉和它的追随者跑得无影无踪，空荡的会场上只留下毛克利、巴希拉、阿克拉，还有一些拥护毛克利的狼兄弟。

母狼的眼泪

毛克利抬起头，看见阿克拉他们一个个眼含热泪望着自己，心中涌上一股暖流，禁不住哭出声来，眼泪像断了线的珍珠“吧嗒吧嗒”掉在地上。

出生以来，毛克利从没有像今天这样哭过，他越哭越觉得难受，越难受越想哭。为什么？为什么！我的眼泪为什么这样多？我的脑子为什么如此混乱？是孤独？还是无奈？

哭了大半天，毛克利翻滚的思绪慢慢平息下来，哽咽着说：

“朋友们！你们不要过分悲伤，我走了，我要恢复本来面目，回到人类的社会中去。你们的大恩大德，我将永远铭记在心，若有机会，一定会好好报答。

“阿克拉，你身上有伤，千万要注意，决不能单独一人外出捕猎。各位狼兄弟们！我走之后，你们要齐心协力，共同抵抗外敌。若有可能，可以去别的地方生存发展。还有，阿克拉为我们狼族耗费了毕生精力，已是风烛残年，没有力气再去打猎，你们要照顾它的生活起居。我现在走了，还会回来，不会在人类中过一辈子。虽然与你们不是同一个种族，但我非常热爱丛林，热爱你们。我一定要回来看望大家。今后，我将适应另一种环境，开始另一种新的生活。别了，朋友们！你们好自为之！”

他依次把脸贴在每只狼的脑袋上，久久不肯松开。狼们一个个垂头丧气，发出一声声依依不舍的悲号。

公狼和母狼一家正翘首等待时，毛克利有气无力地回来了。一进洞，他就扑在母狼身上失声痛哭。过了一会儿，毛克利止住哭声，断断续续地将刚才集会上发生的事情说了一遍。

母狼听了，脸色沉重，目光黯然，4只狼兄弟紧紧拉住他的手，泣不成声，公狼强忍眼泪，将头扭到一边。整个狼洞充满伤心和悲痛。

公狼用沙哑的声音说：“毛克利，如果真是这样，我们不留你，你走吧。你是人类的孩子，最终要回到人类的怀抱之中。我和母狼年龄大了，你一定要常回来看看我们。我们想你的时候，也会到村子里去找你的。”

毛克利含泪点头答应。

母狼紧紧地搂住他，像生离死别一样，眼泪哗哗地流下来：“毛克利，我的孩子，真舍不得你呀！”

毛克利心如刀绞，悲痛欲绝，哆嗦着嘴唇说：“你们不要哭了，我一定回来看望你们。我还要剥下邪汉的皮，垫在集会场首领的座位上……一定……一定……”

分手的时刻终于到来了，毛克利和公狼、母狼、兄弟狼们分别搂抱一会儿，狠下心来，朝山下跑去。

“毛克利！不要忘了回来看我们……”母狼的哭声凄惨沙哑，响彻夜空，在丛林中回荡不绝。

毛克利一口气跑到山脚下，回过头来深情地望了一眼。

此时，太阳刚刚升起，东方朝霞满天，十分壮观。

别了！雄伟的西奥尼山！别了！美丽的丛林！

别了！亲爱的公狼！慈爱的母狼！可爱的狼兄弟们！

别了！忠厚的棕熊伯鲁！凶猛而可亲的黑豹巴希拉！悲壮的老狼阿克拉！

魔鬼来了

毛克利挥泪告别了丛林，漫无目的地朝前走去。走了整整一天，傍晚时分，毛克利来到一个广阔的平原。平原中间，有一条河流横穿而过。河岸两边有杂七乱八的石头，远处还有大片大片茂盛的草地。

最近的一片草地旁边，坐落着一个小村庄，居住着大约几十户人家。一群水牛在草地上悠闲自得地吃草。在夕阳余晖的照射下，构成一幅风景优美的图画。

毛克利略一思索，朝前走去。当他走到村庄跟前时，那些水牛又蹿又跳，乱作一团，几个放牛的孩子也都惊叫着跑回村里。

毛克利不知道，他的外貌像一个可怕的怪物，别人见了当然害怕。他已经一整天没吃饭了，肚子“叽里咕噜”叫个不停。为了找点吃的，他又向村子里走去。村子的四周挖了一条小沟，旁边栽些坚硬的木棍，大概是用来防备野兽的。

毛克利来到村口，看见一个人站在那里，便走上前去，用手指指嘴巴，又摸摸肚子，说明想吃点食物。那人见状，吓得五官移位，拔腿就跑，口中不住大叫：“不好了！师父！不好了！山中的魔鬼来了！”

村里的人们不知到底发生了什么事，满脸惊慌地跑出来。为首的是一个和尚，又高又胖，穿着一件闪闪发光的袈裟。

跑出来的人们将毛克利团团围住，惊奇地打量。毛克利心想人们如此胆小，真没骨气，好像丛林中的猴子。他将披肩长发拢到脑后，用轻视的目光望着他们。

老和尚大约有些经验，仔细端详了一会儿说：“据我看，他是我们人类的孩子，并不是什么魔鬼。他身上有许多伤疤，一定是在森林中被狼抓的。”

其实，毛克利身上的伤疤是玩耍时，被狼兄弟们抓的，早就好了，现在只能隐约看见几条模糊的白印，他根本不在乎这点伤疤，但在人的眼光中，却觉得非常严重。有几个妇女听到老和尚的评论，立即尖叫起来：“啊！真不幸，被狼抓成这个样子！”

“是呀！这孩子真的是人，只是头发太长。眼睛还挺有神的。你瞧，模样不错嘛！哎，美修娃，他与你的儿子十分相似啊！”

这时，从人群中走出一个妇女，手脚上佩戴着叮叮当当的玉镯，看上去出生在富贵人家。

她走到毛克利面前，上下打量了一番，含着眼泪说：“嗯，与我的孩子差不多，可是比我的儿子要瘦一些。”说完，她把自己的上衣脱下来，给毛克利穿上，搂着他放声大哭。

这个女人名叫美修娃，10年前的一个傍晚，村里跑来一只老虎，把她的儿子纳都叼走了。村里的人们对这件事记忆犹新，如今美修娃的儿子回来了，人们不由替她高兴起来。

“我佛慈悲，这孩子终于从苦海中逃脱出来，回到我们的怀抱中。是一件功德无量的事情啊！”

老和尚一边说，一边双手合在一起，放在胸前，朝天拜了几拜，人们也做出同样的姿势，虔诚地拜了起来。

美修娃拉着毛克利的手，亲切地叫他：“纳都……纳都……”

但毛克利听不懂人的语言，只呆呆地看着她。

毛克利跟随美修娃回到家里，一进门，毛克利就被吸引住了。映入眼帘的都是没见过的东西：床、箱子、柜子，还有一些装饰物。

在一块闪闪发亮的东西前，毛克利好奇地停下脚步。伸过头去一看，“啊！”把他吓坏了：面前有一个模样可怕的孩子直直地看着他。毛克利正要低头想个明白，那孩子也低下了头。咦！奇怪！毛克利又做了些其他动作，那孩子也依瓢画葫芦，与他的动作一模一样。

“嗯！这一定是水……不对，不对，要是水就流下来了，怎能站在墙壁上？那是什么呢？肯定是一块冰，但冰摸上去是冷的啊！”毛克利百思不得其解。大家都知道，这实际上是一块大镜子。

美修娃见他对什么都感到新鲜，不停地摸摸这儿，看看那儿，心里十分好笑，又给他端来许多精美的食物。毛克利早就饥肠辘辘，风卷残云般吃个精光。

美修娃等他吃完，柔声叫道：“哎，纳都！”

毛克利不懂她的意思，不知所措地望着她。

“纳都！我给你做过一双鞋，那时你还小，你忘了吗？”

美修娃一边说，一边看毛克利的脚。啊！毛克利的脚又大又硬。

“唉，这样的脚怎能穿那么小的鞋，你可能不是我的儿子。”美修娃绝望地流着泪说，“可是，你与我的儿子十分相似，我以后就把你当成亲生儿子吧！”

毛克利虽然不明白她的意思，但他具备人类的灵性，知道美修娃对他没有恶意，露出了会心的笑容。

开始时，毛克利总是担心房顶会掉下来。他自然而然地想起了抬头就看见天空的丛林，也想起与他朝夕相处的那些伙伴。

慢慢地，他又想到自己从丛林中跑出来，就是为了恢复人的本来面目，有什么不习惯只好慢慢去适应吧。目前最重要的是掌握人类的语言，这样，才能与人类交流。

毛克利下定决心后，开始向美修娃学习语言。在美修娃的耐心指导下，天资聪颖的毛克利进步神速。不长时间，就掌握了各种日常用语。

听见毛克利叫出“妈妈”，美修娃得到极大的安慰，用含满泪水的眼睛，温柔地注视着他。毛克利也高兴得眉飞色舞。

接着，美修娃将丈夫请出来，让毛克利叫他“爸爸”。

做人真麻烦

吃完晚饭，美修娃让毛克利在床上睡觉，见美修娃的丈夫关上窗户，毛克利吓得脸色苍白。这屋里是不是猎人的陷阱啊？

想到这里，毛克利再也躺不住，翻身下床，从窗户跳了出去。美修娃担心他在外面出事，正要去追，被丈夫拦住了。

“不用管他，他睡在屋里不舒服，让他到外面去吧，明天早晨，他会回来的。”

毛克利来到草地上，仰面躺下来。啊！好舒服呀！他一边望着天上的星星，一边感慨自己的经历，心中涌上一种说不出的滋味……想着视自己如珍宝的公狼母狼，想着情同骨肉的四只狼兄弟，想着教导自己的棕熊伯鲁，想着舍命保护自己的黑豹巴希拉……毛克利的眼睛充满泪水。

唉，从现在开始，我处于新的环境中了，这些往事就让它保存在记忆的深处吧！正在这时，毛克里听见“唰唰”的轻微响声。在丛林中生活了10多年的毛克利，练就了一双机警的耳朵，他马上跳起来，摆出防守的架势。

一头灰色的狼“呼”的一声窜过来，毛克利定睛一看，是公狼的大儿子。他马上跑过去，抱住灰狼的头，急切地问：“你怎么知道我在这儿？”

“嗯！根据你留下的气味，很容易就跟到这儿来。咦！你身上好像有烟味儿，这么短时间就染上了，确实与我们不同啊！”灰狼茫然地说，好像自己缺少了什么似的。

毛克利轻轻地抚摸着灰狼的头问：“我走了以后，丛林中怎么样？”

“没什么，只是一些狼让你的红花烧伤了皮毛，还算安稳。那个瘸虎邪汉让你烧得皮开肉绽，在丛林中抬不起头来，不知跑到什么地方去了。临走时扬言，伤好后还要找你报仇，要将你埋葬在西奥尼山上。”

毛克利听了，冷笑一声说：“哼！不知天高地厚的瘸虎，还敢说大话。如果是这样的话，更不能放过它，一定要将它的虎皮剥下来，垫在集会场首领的座位上。与你们分手时，我就说过这句话。”

“嗯！我知道。但邪汉阴险毒辣，你不能粗心大意。你走了以后，父母非常想念，希望你快点回去。毛克利，短短的时间内你就染上了人间烟火，我真担心在人的环境中，你会被彻底改变。”

“不可能！你不用担心，不管什么时候，我都是一只狼！”

说着，毛克利露出一种痛苦的表情，“大哥，一些年幼无知的狼受了邪汉的煽动，将我逼得无处容身，是一次深刻的教训啊！”

“是的，正因为有这个教训，你与人相处时，更得小心谨慎，以免遭到他们的攻击。据说人类意志薄弱，心口不一，不如我们狼爽快！”

实际上，毛克利也看不起人类，认为人是一种无耻的动物。

“我得回去了，否则父母会担心的。以后我每天看你时，就在草地那边的树林中等你。”说完，灰狼依依不舍地走了。

此时，已是深夜时分，天上星光灿烂，地下寂静无声。毛克利望着狼不见了踪影，又陷入沉思。不知过了多久，他进入了甜美的梦乡。

在丛林中生存，要懂得丛林的礼节，同样，在人类的社会中生存，也要学会做人的原则。为此，毛克利费了很大的心血。整整三个月，都待在村里，没与灰狼见面。

毛克利脑中经常闪过这样的念头：做人真头疼啊！穿衣服就是一件麻烦事。以前在丛林中生活时，赤裸着身体，不管上山还是下河，母狼也不去理会。可现在把衣服穿在身上，又憋气又燥热，要是不小心弄脏或弄破了，还得让美修娃教训一顿。

再就是花钱，毛克利也觉得啰嗦。那时候，喜欢什么东西，随便取来就行了。哪像人这样买呀卖呀的，让人想不明白。他看到美修娃的丈夫去田野种地时，更觉得不可思议。土地里什么也没有，为什么要挖呢？不是白费力气吗？

毛克利一出家门，就引来一些孩子们的围观。一些调皮的小家伙还捉弄他，说他是狼的孩子，不懂人类的语言。毛克利虽然生气，但总是耐着性子不与他们争斗。

因为他知道：丛林中有一条规矩是坚持忍耐，如果乱发脾气，就抓不住猎物；还有，人是一种软弱无力的动物，与他们示威，不是好汉的行为，是一种耻辱。

从前与狼一起生活时，毛克利的力气很小，比赛时斗不过其他动物。可现在，村里的人们都说他力大如牛，对他十分畏惧，毛克利也弄不明白自己的力量究竟大不大。

还有，古印度非常注重社会地位，等级制度森严。按照身份，将人们分成贵贱不同的几个阶层。

由梵王的口中出生的人，身份最高，叫做“布拉曼”，是第一等人；由梵王手掌出生的人，叫做“克夏特利亚”，是二等人；“瓦伊夏”是第三等人；“斯都拉”是第四等人。第四等人社会地位低下，是从事体力劳动的奴隶。

一天下午，有个陶瓷工人赶一头驴去市场上卖瓷器，半路上连驴带瓷器全部掉进一条小泥沟。毛克利看见了，急忙过去帮他拉上驴子，抬出瓷器。没想到，毛克利为此受到别人的非议。因为陶瓷工人属于第四等人，驴子更谈不上社会地位，他的行为触犯了森严的等级制度。

老和尚听到这个消息，把毛克利叫过跟前，很不高兴地说：

“听说你帮助了陶瓷工人，这是不行的。你是三等人，是‘瓦拉夏’的子弟，陶瓷工人比你的身份低一级，你为什么要帮他？在村里以前没有这种先例。我们不能随便降低自己的社会地位！”

毛克利听了，十分反感。在丛林中，没有什么等级，谁都一样，而且助人为乐是一种高尚品德啊！

见老和尚还要教训，毛克利大发雷霆：“住口！我不想听你的什么高低贵贱！我看你不劳而获，靠别人的施舍度日，比驴子还要下贱……”一番话，说得老和尚又气又急，转身跑了。

老和尚来到美修娃家，原原本本地把毛克利的事情说了一遍。

美修娃夫妇听了，大吃一惊，继续这样下去，还不知道要惹出什么乱子。他们急忙去请求村长，让他为毛克利安排一份工作。

老头儿的鬼魂

这天夜里，村长来了，以长者的口气说：“毛克利，我给你分配一个工作，让你每天放牛。从现在起，你是一名正式的、合法的村民了。你要以集体利益为重，注意水牛的安全，防止出现差错！”

毛克利爽快地答应了。放水牛不是件简单的事情，如果圆满地完成了这个任务，就是出色的村民了。他心想：“在丛林中生活了10多年，驱使狼群都不在话下，放牛还不是小菜一碟？如果那些调皮的小家伙继续捉弄我，就让他们尝尝水牛的厉害！”

毛克利抑制不住心中的激动，急忙跑到会场，要向大家表明自己的合法身份。会场上，包括村长在内的许多人坐在一块聊天。其中最引人注目的是一位理发师，指手画脚地讲述着一些鸡毛蒜皮、不着边际、无关紧要的小事。

另一位是老猎人，名叫巴尔道。他十分了解丛林中的各种情况，全村只有一支火药枪，由他保管着。

会场旁边卧着一条眼镜蛇，村民们把它当做圣蛇，十分崇拜。

毛克利轻手轻脚地来到会场，坐在一棵大树下。

理发师刚一讲完，巴尔道就开始滔滔不绝地讲起丛林中的故事。不时把火枪往怀中搂搂，那可是他的命根子。讲到恐怖的情节，人们都瞪大眼睛，提心吊胆。

这儿离丛林很近，野兽们经常骚扰，老虎也在傍晚的时候出来伤人，因此，人们听了巴尔道的故事，心中有点恐惧。

而毛克利却听出猎人胡说八道，觉得滑稽可笑。

巴尔道没看见树下的毛克利，见人们听得聚精会神，更来劲了，接着说：“你们知道不知道，叼走纳都的那只老虎，可非同一般。”

巴尔道喜欢故弄玄虚，常常是话没讲完，压低嗓音，装出神秘的样子，来吸引听众。等吊起听众的胃口，他再开始讲下去：

“那只老虎，身上附着布兰大斯的鬼魂呢！布兰大斯是一位剥削穷人的老头，他心肠毒辣，人们毁了他的账本，打折了他的一条腿，死后他的灵魂就附在那只老虎身上，因此，老虎走路时一瘸一瘸的。”

毛克利听他扯到瘸虎邪汉身上，忍不住站起来，冲着巴尔道大声说：“不要骗人了，布兰大斯的鬼魂怎会附在老虎身上呢？从林中谁不知道，那只天生瘸腿的老虎名叫邪汉！”

巴尔道的谎话被当众揭穿，羞得面红耳赤，一看毛克利是个小孩，就说：“小混蛋！你懂什么？要是有本事，你去将老虎杀死，剥下虎皮，按规定还可以得到100卢比的奖励呢！小东西，不行吧？以后不要随便打断大人的谈话！”

毛克利心中恼怒，但不想与他争辩，一面往回走，一面说：“嘿嘿！你讲的故事中，只有一小部分可以相信，大部分都是自己凭空想象编造的。什么鬼魂附身的事，更是胡说八道。”

毛克利说完，离开会场回家去了。

走，放牛去

第二天，毛克利就开始放牛了。

水牛脾气暴躁，一见到服装古怪的白人，越发怒不可遏，非将他踢死才肯住手。令人想不通的是，这么凶猛的水牛却对牧童言听计从。

虽说水牛、黄牛的性格非常温和，如果聚集在一起，老虎也不敢招惹。可放牛的孩子们大多贪玩，如果离开牛群遇到老虎，就会被咬死。

因此，毛克利出发时，美修娃再三吩咐，让他不要远离牛群，不知天高地厚的毛克利不以为然。

有一条水牛身躯庞大，名叫“拉玛”，毛克利骑在它背上，向草地走去。后面跟着一群水牛和普通的牛。一块放牛的另外几个孩子，不知什么原因，自动听从毛克利的命令，这样一来，毛克利自然而然成了他们的首领。

他们赶着牛来到草地，毛克利翻身下牛，向几个牧童交代一番，迫不及待地朝树林跑去。自从上次看完毛克利，灰狼每天都到树林等他。这天，它正焦急地四处张望时，毛克利跑来了。

“喂！毛克利，我在这儿呢！这么长时间了，你每天干什么呢？害得我天天白等一场。”

“灰狼大哥，你辛苦了！做人是件麻烦事，每天学习说话、学穿衣服，还得学乱七八糟的做人方法……实在忙得脱不开身，你原谅我吧！嗯，瘸虎邪汉怎么样了？”

“瘸虎邪汉养好伤，又回到丛林中，纠集一些年幼无知的狼，鬼头鬼脑的，不知要什么花招。但有一点是肯定的，它不服气，还要找你报仇。你千万不能大意，要多加防备啊！”

“嗯，我知道了，我会小心的，它不可能把我怎么样。不管怎么说，今天见到大哥，我非常愉快。请你转告其他兄弟们，我想与它们见见面，若有工夫，就常来看我，但要躲开瘸虎邪汉，以防它袭击你们。”

他们俩又闲聊些其他事情，灰狼眼含热泪，转身离去了。

毛克利躺在地上，枕着两条胳膊，一边想念丛林中的伙伴，一边思索对付邪汉的对策，想着想着，不知不觉睡着了。

时间过得真快，从毛克利开始放牛到现在，已经一个月了。

这期间，毛克利悠闲轻松。他每天将水牛赶到草地上，然后跑到树林中去与灰狼见面，聊一些丛林中的话题。与灰狼分手后，毛克利就躺在地上睡觉。

瘸虎的伤好了

这一天，毛克利与灰狼又在树林中会面了。但灰狼的神情不像往常那样喜悦，好像有点紧张。他抓住毛克利的手，激动地说：

“毛克利！瘸虎邪汉出现了！带着馋鬼大巴希，他们以为你不会提防，准备将你干掉！”

毛克利倒吸了一口凉气，说：“瘸虎邪汉没什么了不起的，但大巴希心地险恶，倒是个劲敌。”

灰狼又说：“昨天傍晚，太阳快落山的时候，我拦住大巴希审问它。起先它还吞吞吐吐，不想交代。后来见我生气要教训它，才吐露了消息，今天晚上，邪汉埋伏在村口，准备袭击你。你要提高警惕啊！”

“嗯，如果大巴希不是撒谎，瘸虎现在在什么地方呢？”

“这个村子的东边，有一条大河，河里早就没水了，现在变成了一个深谷，邪汉就躲在那里，晚上的时候，它就来了。”

毛克利低头沉思了片刻，似乎想好了对策，抬头问灰狼：“大哥！昨天，邪汉有没有捕获其他食物？大巴希向你透露了没有？”

老虎吃东西与不吃东西，攻击的力量不一样，毛克利必须摸清敌人的情况，才能制定出作战方案。

“我差点忘了，大巴希告诉我了，昨天，邪汉吃过一头野猪。”

“野猪？全吞进去了吗？”

“吞进去了，骨头也没剩一根，馋鬼大巴希准备分享一点，可邪汉饥饿过度，自己还没吃过瘾，哪能顾上别人呢！”

“啊！邪汉的肚子够大的，居然能吞进一头野猪！”

“这还不算，邪汉又喝了两桶水。”

“一般来说，有经验的动物在战斗前不吃东西，以减轻体重、增强灵活性。可又笨又馋的邪汉没有想到。

“哼！这瘸虎真是个愚蠢的家伙，吃得太饱，不要说伤人，眼皮都睁不开。我看它怎样害我……哎，大哥，邪汉正在小沟中休息，这是个进攻的最佳时机，如果跟前有几个狼兄弟，一定能将它擒获……”

毛克利指着草地上的水牛接着说：“水牛虽然不会打架，但嗅觉特别灵敏。可惜听不懂我的话。”

“邪汉不可能在地面上留下气味，因为它是从水中游过来的。”灰狼接着说。

“邪汉没这么聪明，可能是大巴希提醒它的。”

毛克利说完，又低头沉思：“邪汉既然不肯放过我，我也不客气了。不是鱼死，就是网破，今天与它决个胜负！”

首领阿克拉被推翻以后，丛林中的狼们群龙无首，四分五裂。由于没人监督执行，丛林中的纪律成了一纸空文。

狼们拉帮结派，各自为政，哪还有往日的繁荣景象。邪汉瞅准这个机会，到处摇舌鼓唇，煽风点火，拉拢一些立场不坚定的狼，支持自己统治狼族。但是，只要毛克利还在世上，邪汉的阴谋就不可能得逞，即使登上首领的宝座，也不安稳。因此它将毛克利视为眼中钉、肉中刺，恨不得立即将他生吞活剥。

毛克利知道邪汉是个阴险狡猾、无恶不作的坏蛋，如果让它统治狼群，丛林中将永无宁日，一些忠厚老实的狼将遭受灭顶之灾，丛林中的其他动物，也要掉进水深火热之中……无论如何，不能让它的梦想变成现实。在这种形势下，狼们自动分成两个集团。一方拥护邪汉，一方拥护毛克利，各持己见，水火不容。继续发展下去，就会爆发一场战争。一方是为霸权而战，一方是为和平而战。这场你死我活的斗争，究竟谁是最后的胜者呢？实难预料。

雄伟的西奥尼山，美丽的丛林之中，大有山雨欲来风满楼之势。

毛克利巧布奇兵

毛克利心中决定与邪汉见个高低，马上斩钉截铁地说："大哥！这儿离邪汉休息的那个深谷很近，我领上几只水牛，从深谷上面冲过去，邪汉抵挡不住，一定会从下游逃窜，你带一些水牛在谷口把守，不要放它走了。"

毛克利想了一会又说："这个计划虽然不错，恐怕我一人势单力薄，不能成功，还得找个帮手。"

说完毛克利跑到一个山洞边，朝洞中大喊："阿克拉，我准备消灭瘸虎邪汉，想请你协助。"

阿克拉见到毛克利，高兴地用头在他身上蹭来蹭去，听说要干掉邪汉，脸上露出关切的神色，问："能行吗？"

"行！我们可以利用水牛，分兵两路，打它个措手不及。来，我们把母牛和小牛赶在一边，把公牛赶在另一边，分成两群。"

阿克拉、灰狼和毛克利立即动手，费了好大力气才将水牛分成两组。母牛们围成一圈，将小牛夹在中间，气势汹汹地盯着毛克利他们，作好姿势，防备他们伤害小牛。

公牛也不知是怎么回事，在地上转来转去，显出不安的样子。

阿克拉大喊："毛克利，马上出发！否则，水牛还会混在一起！"

毛克利点头答应一声，敏捷地骑在拉玛的背上，高高扬起手中的皮鞭说："阿克拉，咱俩带领公牛从后面绕到深谷，突然袭击。大哥灰狼先留在原地看守母牛和小牛，不让他们追随公牛，等看不见我们时，领着母牛和小牛守住谷口，以防邪汉漏网。”

“毛克利，我守在哪一处谷口最恰当？”灰狼请示毛克利。

“找一处比较狭窄的地方，让水牛站在谷底，邪汉就插翅难飞了！”

“我明白了！就这样干！”灰狼激动地回答，一想到要消灭邪汉，它热血沸腾，情绪激昂。

“阿克拉！立即行动，现在出发！”毛克利举起鞭子在空中一甩，“啪”的发出清脆的响声。

阿克拉不愧是狼族的首领，虽然上了年纪，但威风不减当年，它移动着矫健的身躯，在后面驱赶公牛。就这样，由毛克利领头，水牛居中，阿克拉断后的队伍浩浩荡荡地出发了，一路上尘土飞扬，遮天蔽日。

等毛克利他们走得看不见了，灰狼赶着母牛和小牛向深谷下游进发。毛克利制定的战斗方案非常简单：他们这一路从丛林中穿过去，绕到深谷的上游，领着水牛发起冲锋，然后会合灰狼带领的母牛队，两面夹击，一举歼灭瘸虎邪汉。

之所以制定这样一个战斗方案，是因为得到邪汉吞进一头野猪的消息。众所周知，老虎吃得太饱，别说参加战斗，连低矮的山谷都跳不上去。

公牛队伍来到丛林，毛克利大声喊：“阿克拉，停下来休息一会儿！”

毛克利心中明白，像这样继续进发，不等走到深谷，就会被邪汉发觉，自己精心制定的战斗方案，就成了竹篮打水——一场空了。

“在丛林中休息片刻，调整队伍，悄悄袭击。”

阿克拉跳来窜去，让公牛排得整整齐齐，有条不紊地缓缓向前走去。

“深谷就在前边。”阿克拉压低声音，告诉毛克利。

“看见了，我们俩往上游走一点，发起攻击时威力更大。阿克拉，声音小一点，不能让邪汉听见。”

又走了一会儿，队伍来到深谷的上游。毛克利四周一望，好极了！深谷两边是悬崖峭壁，光溜溜的如刀劈斧砍一般。就连身体灵活的豹和狼，也只能望崖兴叹，吃饱野猪的邪汉要想攀上悬崖，比登天还难。

阿克拉也露出满意的笑容，激动地说：“好地方！不知灰狼那边准备好了没有？”

毛克利接过话说：“应该准备好了！那儿离谷口没有多远。我们先喘口气，稳住牛群的阵脚。这些水牛如果嗅见邪汉的气味，发起进攻来，气势更加凶猛。”

毛克利熟知水牛的脾气：因为老虎经常骚扰他们，所以一嗅到老虎的气味，便会拼命冲过去，无论无虎有多大本领，也无法抵挡。

毛克利看水牛休息得差不多了，看着阿克拉说：“阿克拉！我一下命令，你就催动水牛，让他们沿着谷底往前冲。在下命令之前，我得向邪汉打个招呼，生死存亡，在此一战，我要让邪汉输得心服口服。”

说完，毛克利骑在拉玛背上，直起腰，伸出脖子，鼓足精神，大喊一声：“嗨——瘸虎邪汉！毛克利在此，准备迎战吧！”

喊声传到谷底，发出阵阵回音，响彻上空。

瘸虎的惨叫

瘸虎邪汉吃完野猪，正躺在谷底睡懒觉，听到毛克利的喊声大吃一惊，翻身跃起，强作镇定地问：“什么人？什么人在大呼小叫？”

毛克利听邪汉答应，继续喊到：“邪汉——我是毛克利！你的末日来临了！我马上就要发动进攻了！你做好迎战的准备吧！阿克拉！发动进攻！”

说完，毛克利举起手中的鞭子，在拉玛的背上狠狠抽了一下。拉玛只觉一阵钻心的疼痛，撒开四蹄，向谷底冲去。骑在牛背上的毛克利，凌乱的长发飘在脑后，古铜色的脸上露出刚毅的表情，看上去威风凛凛，神圣不可侵犯。

水牛们在毛克利和阿克拉的驱使下，像滔滔的江水，一泻而下，那雄壮的气势让人看了惊心动魄。此时水牛群的激昂情绪，找不出一个恰当的词语来形容，这是一支无坚不摧的队伍，无论什么野兽胆敢阻挡，定让它死无葬身之地。

毛克利骑在拉玛的背上，一马当先，冲锋在前。

“呜——呜——”拉玛发出奇怪的吼声，同时，张大鼻孔拼命地呼吸。毛克利心想：拉玛嗅到老虎的味道了！

果然不错，只见拉玛加快步伐，箭一般向前奔去。别的水牛也有同样的反应，紧紧跟在拉玛身后，没命地往前跑。这些平日慢慢吞吞的水牛，现在好像疯了一样，卷起一团灰尘，向前滚滚而去。

瘸虎邪汉虽然一向横行霸道，为非作歹，可哪里见过这种势。况且，刚刚吃完的野猪还在肚子里没有消化，一点精神也提不起来，深谷两面的悬崖峭壁十分光滑，爬不上去，慌张之间，只得沿着谷底向下游逃去。

邪虎跑了没多远，只见灰狼领着一群母牛和小牛，好像铜墙铁壁一样横在前面，吓得它魂飞九霄，目瞪口呆。摇摇头仰天长叹：

“完了！完了！中了毛克利的诡计了！”

瘸虎邪汉心急如焚，它经常袭击水牛，因此知道保护小牛的母牛比公牛更加可怕。于是又回过头来，想从原路逃跑。

这边毛克利率领的公牛队像一阵风似的冲过来。转眼之间，来到邪汉跟前。骑在牛背上的毛克利看见邪汉的四方脸和三角眼，血往上涌，眼中喷出两团怒火，大吼一声，挥鞭在拉玛的背上，用力一击，直冲过来。

瘸虎邪汉一看走投无路，狗急跳墙，摆出一副拼命的架势，准备迎战。拉玛疼痛难忍，低下脑袋，伸出利角，“呼”的一声，撞向邪汉。邪汉身子一蜷，四蹄用力，腾空而起，向拉玛抓去。

可是水牛拉玛皮坚肉硬，邪汉觉得前爪一阵生疼，抓不进去，只在拉玛身上留下两道浅浅的痕迹。邪汉心中一惊，急忙伸出后腿，勾住拉玛的脖子，张嘴就咬。

说时迟，那时快，邪汉的牙齿快要触到拉玛的身体时，拉玛的脑袋猛地一甩，邪虎硕大的身躯抛了出去，“啪”的一声，摔在地上。还没等它爬起来，拉玛的四蹄已踏在它身上。后面的公牛踩着邪汉的身躯汹涌而过，落地的蹄声淹没了邪汉凄厉的惨叫……

巴尔道抢虎皮

战斗圆满结束了，毛克利昂首挺胸，站在地上，将披肩长发拢在脑后，用手摸了一把额头的汗珠，脸上露出无限的欣喜。他长长吐了一口气，望着身后的深谷说：“阿克拉！灰狼大哥！我们胜利了！……走吧，进去瞧瞧！”

两只狼答应一声，跟在毛克利身后，返回深谷。瘸虎邪汉已死过多时，尸体静静地躺在谷底。

“阿克拉！灰狼大哥！别看这家伙平时目空四海，刚才却连还手的能力都没有，这就是它可耻的下场。我曾经多次说过，一定要剥下它的皮，垫在会场中首领的座位上。今天，这个愿望终于实现了。”

说完，解下挂在脖子上的匕首，动起手来。普通人类的孩子，绝对不可能剥下瘸虎这么大的虎皮。可毛克利在丛林中生活了10多年，剥下的动物皮不计其数，根本不把这种事情放在眼中。虽然这样，像瘸虎这么大的兽皮要一个人剥下来，也得费一番周折。

阿克拉和灰狼一边喘气，一边看毛克利干活。偶尔，按照毛克利的吩咐，过去提提虎腿或扶扶虎头，帮他干一些简单的工作。

毛克利正聚精会神地剥着虎皮，忽然肩膀被什么撞了一下，站起身来，见巴尔道手持火药枪，站在自己身边。

原来，巴尔道听说毛克利领着水牛跑到丛林中，心中大怒，急匆匆赶来，要教训教训他。可来到跟前，见毛克利双手沾满鲜血，正在剥虎皮时，吓得浑身发抖。他强作镇定，恶狠狠地责问：

“哼！小东西，你干什么呢？”

毛克利将匕首在虎皮上蹭了两下，四处一望，不见了阿克拉和灰狼，大概躲到什么地方去了。

“嘿嘿！小笨蛋，你要是剥下虎皮，太阳就从西边出来了。嗯，水牛把老虎踢死了吧？”

巴尔道一边耻笑毛克利，一边低下头，想看个明白。

“啊！这老虎是吃人的那一只啊！”巴尔道惊叫一声，跌坐在地上。

巴尔道始终认为这只老虎身上附有布兰大斯的鬼魂，另外，邪汉经常来村子里伤害小孩和牲畜，给人们的生命和财产带来很大威胁，因此国家悬赏100卢比来捉拿它。由于以上两个原因，巴尔道又惊又喜，100卢比啊！一辈子也挣不回来。

“毛克利，你站到一边，我来剥！我不怪你了，而且，你还可以获得一卢比的奖励。”

巴尔道想要老虎皮，花言巧语地哄毛克利。说完，推开毛克利，打着火石，向虎须烧去。当地的人认为：如果烧掉老虎的胡子，附在它身上的鬼魂就消失了。

“别动！不能烧！”毛克利伸手拦住他说，“老大爷，我不要什么奖金，你也别动我的虎皮，这皮是属于我的！”

“嗨！这小子，在大人面前，一点规矩都不懂！老虎凭什么属于你？分明是水牛踢死的。你想骗我吗？胆子不小啊！看到一只死老虎就想据为已有，真是岂有此理。这么说，你一卢比也别想得到，站一边去！”巴尔道强词夺理说。

毛克利没理他，蹲下身子，继续去剥虎皮，嘴里嘟囔着说：

“哼！老家伙，这么不讲理！嗨！阿克拉！这老家伙要抢我的虎皮！”

“什么？你居然敢骂我老家伙，这么没教养，我要好好教训教训你。”

说着，满脸怒容的巴尔道向毛克利扑过来。忽然觉得眼前一闪，胸口被猛地一推，四仰八叉摔倒在地。巴尔道定睛一看，一只老狼站在眼前，两只前脚踏在自己的胸口上。

“啊！”吓得他尖叫起来，声音都变了调。巴尔道扭动身子，想爬起来，但使出浑身力气，也挣脱不开。

毛克利心中暗笑，不去理会，低下头接着剥虎皮。

“嗨！巴尔道！这老虎与我为敌10多年了，今天终于分出了高低，虎皮有别的用处，我可不想去换什么奖金。”

巴尔道见老狼并没有伤害自己的意思，心里稍微平息了一点，听了毛克利的话，又害怕起来。以前，他认为毛克利只是在丛林中长大而已，并无其他特殊的地方，听说这大老虎与他为敌10多年了，心中当然害怕。

“嗯！毛克利不是一般的孩子，这么凶恶的狼，居然服从他的命令……”

想到这里，巴尔道吓得两眼发直，意识蒙眬，仿佛眼前站的不是毛克利，而是一只可怕的老虎。嘴里哆哆嗦嗦地说："大王……大王……"

"哈哈！大王？这个称呼真有意思！"毛克利哈哈大笑，继续自己手中的工作。

"大王！仁慈的大王！饶了我吧！我是一个无知的废物，不该抢你的虎皮，实在对不起，放我走吧！"巴尔道小声央求说。

毛克利听他说的可怜，心中不忍，对他说："这一次饶了你，你走吧！如果你还要欺侮我的话，就让你吃更大的苦头。阿克拉，放开他！"

阿克拉听了，抬起双腿，巴尔道匆匆忙忙爬起身，往前跑去。可一迈腿，便觉疼痛难忍，大概是脚扭伤了，只好拄着火枪，歪歪斜斜地往村里跑去。

巴尔道回到村里，喘了口气，定了定神，放开喉咙大声叫喊：

"哎哟！我的天哪！毛克利不是凡人，他是妖怪，他是妖怪啊！"

村里的人听了，一个个吓得面如土色。老和尚一脸庄重，用严肃的表情说："我们必须提高警惕，这不是一件小事！"

就在村里的人们窃窃私语时，毛克利费了好大力气，把邪汉的皮完完整整地剥下来。此时，天还没有完全黑下来，远处的天边，映出片片晚霞。

毛克利坐在地上，满意地欣赏着眼前的杰作——邪汉的虎皮。阿克拉和灰狼站在身旁，与他分享着胜利的喜悦。

"总算消灭了敌人！"毛克利长长地吐了一口气说。时间不早了，他必须将水牛赶回去，否则的话，现在就想将虎皮垫在会场中首领的座位上。

大哥灰狼抬起头，用询问的目光看着毛克利，意思是：这张虎皮该怎么办？

毛克利低头想了一会儿说：“先放在这里。大哥，请你帮我照看一下。”

灰狼点点头答应了。

毛克利和阿克拉赶着水牛往回走去。

投入丛林怀抱

刚一进村，就听见急促的钟声，这钟平时不用，遇到紧急情况才会敲响，用来迅速集合村民。毛克利正在惊疑时，看见人们成群结队向他走来，并且用异样的目光看着他和阿克拉。毛克利以为人们把他当做打虎英雄，出来迎接，脸上露出得意洋洋的神色。

没想到，“嗖”的一声，一颗小石头擦着他的头皮飞过去。毛克利吓了一跳，还没回过神，许多石头又劈头盖脸打过来。毛克利急忙跳下牛背，抱着脑袋东躲西藏。

“妖怪！丛林中的妖怪！”

“快点滚回丛林，不许进我们的村子！”

村民们的叫骂声响成一片。

“巴尔道，对准妖怪的脑袋开枪吧！打死他！”不知谁喊了一声。

巴尔道举起火枪，瞄准毛克利，“砰”的一声，一头水牛倒在血泊之中。

人们一片惊呼，巴尔道吓得脸色青白，双腿颤抖。要知道，巴尔道是远近闻名的神枪手，百步穿杨，弹无虚发。今天却没有击中目标，岂不是有点邪门，看来，毛克利真的是丛林中的妖怪。

于是，人们对他更加憎恨，大小石头像雨点一样，向他扔去。

毛克利不知是什么缘故，只好飞快地闪动身体，以免被石头击中。同时，口中不停地大声说：

“喂！停下来！停下来！你们为什么打我？我帮你们杀死了吃人的老虎啊！”

阿克拉看到这种情形，恍然大悟，向毛克利说：“毛克利，你还不明白？就像在丛林中时狼排斥你，他们也在排斥你，不让你在村子里住下去。”

“为什么？为什么？我并没有犯错误啊！杀死老虎，是造福于民的好事，他们为什么赶我啊？”

“人和狼有相似之处，虽然你没有犯错误，但有些人仍会讨厌你，打击你，这种情况是经常发生的。”老狼阿克拉若有所思地说。

毛克利听了，低下头细细地品味其中的含义。这时，人们停下攻击，老和尚战战兢兢地向前走来，还没到毛克利跟前，就站住了，装模作样地咳嗽了一声，色厉内荏地说：“丛林中的妖怪，你走吧！”

说完，举起禅杖，口中“叽里咕噜”地念起咒语，双手乱舞，身子不停地扭动，做出奇怪的模样，可能是驱除妖怪呢！

毛克利两眼发直，呆呆地看着老和尚的表演，一阵阵悲伤涌上心头，眼睛一酸，两行热泪沿着脸颊滚落在地上。

“唉！我真不幸，刚刚从丛林中被赶出来，现在人们又不要我了……阿克拉，我们一块走吧！”

毛克利泪流满面，神情沮丧，就要转身走开。这时，一个穿白衣服的女人快步朝他走过来，紧紧地搂住他，哽咽着说：“毛克利，人们都认为你是丛林中的妖怪，可以随心所欲变成豹、虎之类的野兽。我虽然不赞成他们的看法，但没能力保护你，你走吧，这里很危险……你当初来到村里时，我把你当成亲生儿子纳都，内心的喜悦无法形容……”

这个女人当然是美修娃，她用袖子擦擦眼泪接着说："后来，经过仔细观察，我发现你并不是被老虎抢走的纳都。即使这样，我仍非常疼爱你，愿意将你当成亲生骨肉，把你培养为优秀的人才。但村子里的人们不同意，认为你是一个妖怪，会给这里带来灾难……为安全起见，你还是离开这儿吧！"

美修娃说完，失声痛哭，毛克利的眼泪也"哗哗"地流个不停。

"我以为这次找到了亲生父母，全家人终于团聚了。可美修娃说不是这样的，那么，我的母亲在什么地方呢……不管怎么说，她是一位善良而仁慈的母亲，我只能听她的话，尽快离开这里。但是，哪儿是我的容身之处呢……还是回丛林吧！"

人们见美修娃与毛克利拉拉扯扯，怕她中了毛克利的妖术，大声叫嚷："美修娃，不要受他的蒙骗！"

"不要犹豫……快回来吧……我们又要打他了！"

见美修娃仍不回来，人们又开始扔石头。毛克利一不留神，被打在嘴角上，他正要发作，看见身旁悲痛欲绝的美修娃，强压心中怒火，吐出口中的血水说："伯母，不要哭了，快点回去吧。我要回丛林中去生活，我一辈子也不会忘记你的恩情，你回去吧，或许我们还有见面的机会。"毛克利哭得像个泪人一样。

此时，人们吵作一团，一个个张牙舞爪，跃跃欲试，好像要发动更加猛烈的攻击。

毛克利见势不妙，急忙将美修娃推走，皱着眉头抽噎着说："伯母，小心石头！再见了！"

美修娃三步一回头，恋恋不舍地走开了。毛克利眼中喷出怒火，向阿克拉说："阿克拉！让他们尝尝厉害！"

阿克拉早就按不住了，毛克利的话音刚落，它就跑到水牛群中，上蹿下跳，驱赶起来。水牛们像发疯一样朝前冲去。

"哎呀！不好了！快跑吧！"村民们吓得抱头鼠窜。

毛克利见状，胸中的怒气消了不少，提高声音说："从今以后，你们不许欺侮美修娃，否则的话，我定要领来狼群教训你们。”

毛克利说完，与阿克拉向林外的树林走去。

树林中，灰狼大哥原地不动，看护着虎皮，它听见了村子那边的吵闹声和枪声，不知发生了什么事，此时，正露出焦急的目光，翘首等待，看见毛克利和阿克拉平安无事地回来，高兴得跳起来，跑过去拉住毛克利的手。

毛克利将虎皮扛在肩上，领着灰狼和阿克拉朝丛林中走去。

一轮明月挂在天上，银色的月光洒满大地。天空中的星星闪烁不定，好像是与人们眨眼睛呢。微风吹过，一阵凉意袭遍全身。

“好舒服啊！”毛克利长长地吐出一口胸中的闷气。

第二天凌晨，毛克利他们回到了西奥尼山。

母狼拉克夏年龄大了，加上心中牵挂毛克利，看上去苍老多了，领着三只小狼，紧紧地围在毛克利身边，激动得说不出话来。她看见毛克利肩上扛着虎皮，又惊又喜，用询问的目光看着毛克利。

“妈妈，我终于铲除了邪汉，剥了它的虎皮。可人们又把我驱逐出来。”毛克利说着，露出无奈的表情。

“嗯！好孩子，你终于消灭了仇人。不管人们喜欢不喜欢你，这里永远是你的家，今后再也不要离开了！”母狼眼中含泪，温柔地说，“你小的时候，我就警告过邪汉：这孩子长大后不会放过你。真的被我说中了。你看看，作威作福、趾高气扬的瘸虎邪汉，竟落得如此下场，善有善报，恶有恶报啊！”

“妈妈，我说过，我要将这张虎皮垫在会场中首领的座位上。”

毛克利刚要出去，黑豹巴希拉跳进来。它看着虎皮激动地说：

“毛克利，了不起！它终于死在你的手下了！”

他们又聊了一会儿，毛克利扛着虎皮，兴高采烈地来到会场。毛克利把虎皮垫在座位上，用绳子捆牢，回过头来说："阿克拉，你是狼族的首领，坐上去吧！"

阿克拉有点不好意思，犹豫不决。

毛克利与其他狼再三邀请，它才坐上去。然后仰天发出三声长嗥，通知狼们立即前来参加会议。

狼们接二连三从四面八方跑过来，在会场中坐下。

阿克拉因中了邪汉的圈套，上次捕猎时被野牛踢伤，被一些年幼无知的狼从首领的座位赶下来。

此后，狼族群龙无首，四分五裂，拉帮结派，自相残杀。一些狼们目无组织，目无纪律，将丛林中的礼节抛到脑后，为非作歹，不成体统。在这样的局势下，谁还有心思参加每月的大会。因此，会场中杂草丛生，脏乱不堪，一片荒凉。

因没有领导核心，狼们毫无战斗力可言，在抓捕猎物或互相斗殴的过程中，无一不留下或大或小的伤痕，有的甚至丢了性命。

他们来到会场，看见阿克拉威严地坐在首领座位上，吓了一跳，又看到座位上垫着邪汉的虎皮，心中更加恐慌。

毛克利大踏步走到阿克拉身旁，像一棵挺拔的松树站在那儿，将披肩长发甩在脑后，用锐利的目光扫视一下全场，慷慨激昂地说："丛林中团结、正义的狼族！亲爱的朋友们！瘸虎邪汉素来与我有深仇大恨，准备埋伏在村子旁将我干掉。可那愚蠢的家伙不知是嘴馋的缘故，还是骄傲自满的缘故，在偷袭我之前竟然吞下一头又肥又胖的野猪，还未行动就躺在深谷底下睡着了。我获得这个情报后，立即组织水牛，发动进攻。

"邪汉哪经过这种阵势，被杀得只有招架之功，并无还手之力，顷刻之间，命丧黄泉。我挥动这把锋利的匕首，剥下可耻的虎皮，将它垫在狼族首领的座位上。

"兄弟们！瘸虎邪汉耀武扬威，目中无人，阴险毒辣，罪有应得！我虽然杀死老虎，为民除害，但林子里的人认为我是妖怪，将我驱逐出来。于是我又投入丛林的怀抱，这儿是我温暖的家，我将永远居住在这里！”

说到这里，毛克利抑制不住内心的激动，眼泪滚滚而下。

坐在下面的狼们，虽然没有亲眼看见毛克利与邪汉激战的场面，但也能想象到当时是如何的惊心动魄，他们一个个听得全神贯注，心灵受到极大的震撼。同时，他们又十分同情毛克利的不幸经历，脸上流露出悲伤的神情。

这时，一只老狼站起身来，走到毛克利跟前，诚恳地说：

“毛克利，我们错了，不该轻信邪汉的甜言蜜语，将阿克拉赶下台来，你原谅我们吧！让阿克拉重新当我们的首领。今后我们一定改邪归正，严格遵守丛林中的各种制度，共同维护丛林中的正义与和平。”

“原谅我们吧！我们现在认清了邪汉的恶劣本质。”

“阿克拉，我们赞成你当首领，一切听从你指挥！”

“可恶的瘸虎，竟敢花言巧语蒙骗我们！”

狼们齐声拥护毛克利和阿克拉，但一碰到他俩的目光就低下头，显然是心中惭愧。

只见黑豹巴希拉“呼”的一声跳出来，大声说：“你们这些狼意志不坚定，现在尝到了苦头，才来拥护阿克拉，如果它带领你们过上舒服的日子，你们恐怕又要犯上作乱了。要知道正义与和平不是凭空话就能维护的，它需要用实际行动去争取、去追求。”

“还有，在我们争取自由的时候，不能伤害别人的利益，同时，我们的内部矛盾要靠自己解决，决不允许外人干涉。”

黑豹巴希拉的话字字切中要害，句句一针见血，年幼无知的狼们听了，更觉内疚，一个个面红耳赤，羞愧难当。

毛克利看着眼前的情景，低头沉思了好大一会儿，抬起头来，脸色凝重，冷漠地说：“我已被你们驱赶出去，而后又为人类所不容。我想好了，我应该远离你们，一个人去创造自己的天地。”

说完，毛克利向会场的狼们挥挥手，头也不回，转身离去。

“等等我们！我们与你一块走！”四位狼兄弟说道。

毛克利禁不住心中发热，眼睛一酸，两颗泪珠掉下来，滴在悬挂于胸前的匕首上，在阳光的照耀下发出晶莹的光芒。

会场中留下来的动物全体起立，神情肃穆，望着一人四狼远去的背影。

猎人来了

微风轻拂，枝叶摇曳。鲜红的太阳从山边露出笑脸，虽是早晨时分，仍能感觉到它那热辣辣的光芒。

瘸虎邪汉的皮，垫在会场中首领的座位上，在阳光的照射下格外绚烂，它是不是在向别的动物诉说着什么呢？

毛克利美美地睡了一觉，现在精力充沛，坐在狼洞前给他们讲述恶斗邪汉的故事，还有村子里的奇闻怪事，听众有公狼、母狼、4位狼兄弟，黑豹巴希拉、棕熊伯鲁、狼族首领阿克拉。

他们对有关人类的故事，没有多大兴趣，听了也没有什么反应。而黑豹巴希拉不同，它曾经在人类中生活了好长时间，因此比较关心，当毛克利讲到精彩之处，它总要高兴地点点头。

公狼对人类一直存有敌意，说：“人是一种捉摸不透的动物，无论如何，我都反感他们。”

母狼则关切地问：“毛克利，你在村子里住了那么长时间，他们没把你怎么样吧？”

“刚开始的时候，有几个调皮的小孩作弄我，后来见我体格健壮，都不敢轻举妄动。倒是老猎人巴尔道挺烦人的，还想抢邪汉的皮去领奖金。”

一说到瘸虎邪汉，毛克利就来精神了，似乎又要与邪汉激战，脸绷得紧紧的，双手紧握成拳头，神态威猛。

动物们都愿意听战斗的情节，都听得入了迷。棕熊伯鲁一边听，一边横眉怒目，好像正与邪汉搏斗似的。伯鲁日见苍老，牙齿松动，视力下降，平时躺在家里，不在外边活动，今天心中高兴，出来听毛克利讲故事。

向来少言寡语的公狼指着毛克利挂在胸前的匕首说：“你们瞧瞧，邪汉的皮是毛克利用这个家伙剥下的。”

毛克利将匕首从脖子解下来，来回挥舞，发出刺眼的光芒。

“嗨！比牙齿还锋利呢！”

“可不是吗？如果被它刺上，那可了不得！”

公狼自豪地说：“毛克利，拥有这个东西，你就是丛林中真正的英雄！”

毛克利脸色一沉，一本正经地说：“这匕首虽然锋利可怕，但对付不了劲敌。如果对方人多势众或者特别凶猛，就得靠智慧和集体的力量才能成功。这次消灭邪汉，水牛起到了不可低估的作用。我独自还没有那么大本领。因为棕熊伯鲁和黑豹巴希拉经常指点，我才能想出那个作战方案。即使这样，没有阿克拉和灰狼哥哥的倾力相助，也不可能将邪汉置于死地。铲除邪汉，归功于大家。在此，我谢谢你们了！”

毛克利胸怀宽广，一席话不亢不卑，在座的听了，无不肃然起敬。

母狼看毛克利小小年纪，竟有如此胸怀，心中暗喜。邪汉虎皮的腥味随风吹来，闻在鼻中，更觉心中踏实，有说不出的舒服。

是啊！毛克利还在蹒跚学步时，邪汉就对他垂涎三尺，怎能不让人惦念？这下可好了，邪汉的皮成了阿克拉的坐垫，母狼就可以高枕无忧了。忽然，它看见毛克利的嘴角渗出一丝鲜血，心中一惊，急忙问道：“毛克利，你的嘴怎么了，是不是受伤了？”

毛克利吐了一口唾沫，用手擦擦嘴角，满不在乎地说：“没什么，是点小伤。村里的人赶我时，用石头打的。”

母狼瞪着眼睛说：“这么说，他们竟敢打你。人的确是歹毒无耻的家伙，他们靠人多势众，欺压这么小的孩子……等着吧，毛克利，我决不会放过他们！一定找他们算账！”

母狼拉克夏露出了凶悍的本相，在场的动物都感到一丝寒意，因为他们知道，母狼一旦发起脾气，比公狼还要凶猛三分。

“喂，不要发火了，事情已经过去，不要再提了，而且只是点小伤，我们不与那些没骨气的家伙计较。”

公狼心性磊落，怪不得在狼群中有很高的威望。它不愿意为一些鸡毛蒜皮的小事，与别人反目成仇。

“嗯，说得有理，没有必要去和他们斗气。”黑豹巴希拉佩服公狼的大度。

忠厚的棕熊伯鲁也在一旁劝解母狼拉克夏，让它放弃复仇的计划。

“哼！不管你们怎么说，毛克利挨打的事，我会铭记在心。有朝一日，非教训他们一顿……让他们明白：随便欺侮狼的孩子是要付出代价的。那个悉心照顾毛克利的妇女当然不在报复范围之内。”

母狼的怒火渐渐平息了，轻声问：“毛克利，那位妇女非常喜欢你，是不是？”

毛克利点头应了一声，泪水涌了出来。

美修娃，我亲爱的妈妈，虽然你说过，我不是你的亲生骨肉，但在心目中，我仍将你当做慈爱的母亲。若有机会，我一定会报答你的大恩大德……

阿克拉一直愁眉不展，好像有什么心事一样，好几次欲言又止，现在终于开了口：“我们不能粗心大意，我总觉得，村民们还会对毛克利采取不利行动！”

“噢？你为什么会产生这种念头呢？”黑豹巴希拉问。

“是这样的：那天将邪汉杀死，剥了它的皮回来后，我心中不踏实，担心村里的人在后面尾随。因此，我又沿着原路回去，将走路时留下的痕迹弄平，又在附近疯跑了一阵，使他们看不出我们的踪迹。

“树上的蝙蝠满克，不明白我在干什么，我将心中的担心与它说了。满克立即提醒我：阿克拉，你们要小心防备啊！村子里的大红花到处盛开，人们都持着尖锐的武器，看样子要参加什么战斗。其中有个男人气势汹汹，叫声最高，手持一根棍子，指手画脚的，不好对付哩。”

“那家伙就是巴尔道，蝙蝠满克说的棍子其实是一支火枪。”毛克利十分肯定地说。

阿克拉接着又说：“蝙蝠满克诚实可靠，它说的我认为是事实。因此，我们不能麻痹大意，应该尽早想好对策。”

黑豹巴希拉点头称是。

阿克拉继续说：“人类经常在黑夜采取行动。可能他们已经隐蔽在丛林外边了。今天晚上，我们一定要提高警惕。”

毛克利不同意阿克拉的看法，迷惑不解地问：“我已经不在村子里生活了，他们还追到丛林干什么？难道真的要赶尽杀绝吗？”

公狼接口说道：“那有什么不可能的，我早说过，人类是一种捉摸不透的动物。”

阿克拉打量着毛克利说：“毛克利，你应该对人类有一定的了解，因为你和他们是同一个种族呀！”

话音刚落，毛克利满面怒容，举起匕首向阿克拉刺去。

阿克拉久经沙场，虽然上了岁数，但动作快如闪电，矫捷的身体“嗖”的一声跳到一旁，毛克利的匕首落空了。

毛克利将匕首挂在脖子上，怒气未消，说：“这回放过你，以后要是还将我与他们混在一起，可别怪我不客气！”

言语之间，可见他对人类是多么讨厌。

“哟！这么凶！可是你这次回到丛林，动作不如以前灵敏，我看你独自捕不到猎物了。”

“你不用担心，要说捕食物，你不如我啊！”毛克利说着，伸手抚摸阿克拉的肩膀，10多年的交情哪能一下断绝呢！

这时，只见黑豹巴希拉“呼”的一声跳起来，双眼圆瞪，警惕地注视着前方。

灰狼鼻子不停地一张一合，迎着风向嗅了起来。

阿克拉“唰唰”几个起落，藏在一棵大树后，作出攻击的姿势。

毛克利移动着脑袋使劲用鼻子呼吸。他的嗅觉本来就比不上狼和豹，况且在村子里又染上人间烟火，因此没闻到什么特殊的气味儿，悄悄地来到阿克拉跟前，探头往前一看：啊！是猎人巴尔道！

歹毒的人类

毛克利压低声音对阿克拉说：“真的被你料中了，那家伙手里拿的就是火枪！”

此时，棕熊伯鲁、黑豹巴希拉、灰狼他们，已悄无声息地移到大树下。猎人巴尔道走几步就停下来四周望一望，好像不认识路一样。

“嗯，这家伙被我专门留下的爪印搞糊涂了。”阿克拉得意洋洋地说。

毛克利朝前盯了一会儿，说：“巴尔道身边没有别人，我去探探他的来意。”

说完，毛克利向他们挥挥手，朝前跑去。

“毛克利一个人不安全，我们在后边保护他。”黑豹巴希拉生怕毛克利有个闪失，号召大家说。

毛克利在丛林中生活了10来年，对这里的地形了如指掌，钻草丛，拨树枝，片刻之间就来到离巴尔道不远的地方，在一棵大树后隐好身子，伸出头小心观望。

巴尔道拄着火枪，站在那儿东张西望，嘴里不住嘟囔：“哪来这么多爪印，让人分不清东南西北……什么时候才能找到路呢？这个小混蛋，我非得抓住他，否则的话，我的脸往哪儿搁呢？”

毛克利差点笑出声，急忙用手捂住嘴巴。

黑豹巴希拉他们已来到毛克利身后，灰狼附在他的耳边问：“毛克利，这个老东西在嘀咕什么？”

“他说自己分不清东南西北，还想抓住我呢！”

“哼，白日做梦！”灰狼小声怒骂。

巴尔道被乱七八糟的脚印搞得头昏脑涨，一屁股坐在地上，取出烟抽了起来。

“咦！那家伙干什么呢？将一团白气吸进去，再吐出来。难怪都说人是一种空虚的动物，经常做一些毫无意义的傻事，而且还自以为是，看不起别的动物呢！”棕熊伯鲁将巴尔道批判了一顿。

“是呀！真没意思！嘿嘿！”灰狼附和着说。

巴尔道听觉迟钝，根本听不到他们的议论。只顾大口大口将烟吸进去，然后再长长地吐出来。不一会儿，烟味就传到毛克利他们藏身的大树下。动物们快速呼吸，仔细品尝、辨别烟味儿，以便下次碰到人类，能立刻闻出来。

正在这时，从山上走下四五个人，到了跟前，巴尔道认出是本村的，他们长年在山中烧木炭。

“喂，你们有了什么事？”巴尔道与他们打招呼。

“我们带上山的粮食吃完了，再回去取一点。村子里边还好吧？”

“还好？大事不好了！村里出现了一个妖怪！”

“啊！出现了妖怪？怎么会发生这样的事呢？”

“嗯，是这样的：布兰大斯死后，他的鬼魂附在那只大老虎身上，扰得我们四邻不安。生气之下，我一枪就将它打死了，连第二枪都没用。”

村子里只有巴尔道一个猎人，十几年前，他猎获了很多野兽，人们对他十分尊敬。村里举办各种宴请时，都要请他参加，时间一长，他就骄傲起来。

这几个烧炭的人是最低一等的体力劳动者，巴尔道哪能将他们放在眼里，索性大吹大擂：“击毙老虎后，我正要剥它的皮，忽然跑来一个浑身上下没穿衣服的小孩，甜甜地称我‘伯伯’，我高兴地应了一声，开始剥虎皮，小孩站在一旁观看，我也没去理会。剥了一会儿，我猛一抬头，看见小孩不知使了什么妖术，一眨眼，变成一只凶恶的狼，龇牙咧嘴冲上来。”

“啊！这小孩原来是妖怪！”

“嗯，不错，是个妖怪。于是我与它展开激战，妖怪还真有些本领，要不是我威猛无比，谁胜谁负实难预料。最后那家伙招架不住，跑到村口，又变回小孩的模样。

“我开了一枪，妖怪使出法术将子弹移到水牛身上，村里的人吓得魂飞魄散。妖怪虽然逃了，恐怕还要继续捣乱，人们都提心吊胆，夜不能寐。”

“可是，有什么对策吗？”

“众所周知，我的枪法堪称一绝，百发百中。在全体村民的极力邀请下，也出于对大家利益的考虑，我就深入虎穴，孤身一人到这里来搜查妖怪。”

巴尔道吹得天花乱坠，差点笑掉毛克利的大牙，可是不明真相的烧炭者，却对他佩服得五体投地。

说到这里，老猎人巴尔道停下来，抽了一口烟，这是他的惯例，然后继续说：“你们记得吗？这个妖怪就是纳都，美修娃的儿子。10年前他被老虎叼走，现在变成妖怪了。老虎当时并没有吃他，而是将他抚养成人。他为了给邪汉报仇，就变成恶狼与我搏斗，而且用妖术将我的水牛害死。因此，人们抓住美修娃及其丈夫，锁在小房里，严刑拷打，逼他们认罪，只要承认是妖怪的家长，被判处他们烤刑。”

“嗯，我们快点走吧，迟了就看不上执行烤刑的场面了。”

巴尔道说：“别忙，现在还不到执行的时候，等我捉住妖怪后，一起执行呢！……喂，你们见过妖怪吗？”

“没见过。我们趁天没黑快点回去，否则，遇上妖怪就麻烦了。再见，巴尔道！祝你马到成功，铲除妖怪。”

“等一下，你们手无寸铁，路上不安全，我送送你们。”

“太谢谢你了，巴尔道。有你这么武艺高强的神枪手陪伴我们，路上万无一失了。”

“不客气，降伏妖怪是我的拿手好戏，只要它胆敢侵犯，我一枪就送它上西天。”

棕熊伯鲁，黑豹巴希拉以及狼们见毛克利脸色惨白，眼里充满泪水，不知巴尔知说了些什么，一个个惊慌失措，围在毛克利身边问：“那家伙说什么了，与你有关系吗？”

毛克利原原本本将巴尔道的话复述了一遍。

黑豹巴希拉脾气暴躁，张大嘴巴，浑身的毛倒竖起来，眼露凶光。

毛克利想了一会儿说：“我立即出发，去救美修娃，你们帮我将巴尔道截住。他回不去，美修娃就没有危险。”

“嗨！伯鲁，他一个人去，我不放心，不如我俩一块去，可能对他有帮助。”黑豹巴希拉用请求的目光看着伯鲁说。

“哎，不用，不用！我一个人足够了。巴希拉，你与他们留在这儿，拦截巴尔道，太阳落山后，到那片树林会合，灰狼大哥，你领着他们……再见！”

毛克利说完，闪电般跑了，转眼间，不见了身影。

“我们也开始行动！你们从前面和右面包抄；棕熊伯鲁切断他的后路，我从左路行动，听到我的吼声，大家一齐动手。”黑豹巴希拉下达了命令，“嗖”的一声朝前蹿去。其他动物各自行动。

不到一顿饭工夫，从左方传来一声怒吼：“哇呀呀——哇呀呀——”

黑豹巴希拉发出了讯号。紧接着，棕熊伯鲁，灰狼兄弟都发出震天的怒吼。熊、豹、狼的吼声此起彼伏，延绵不绝，既如波涛怒吼，又似雷声轰鸣，震撼丛林，响彻九霄。

几个烧炭的人肝胆俱裂，魂飞魄散；巴尔道想用枪射击，却不知该对准哪个方向。实际上，即使野兽站在跟前，他也不可能击中，因为他的手抖得几乎连枪都握不住。

恰好身边有一棵大树，几个烧炭的人和巴尔道手忙脚乱地爬上去，哆嗦着嘴唇祈求上帝保佑。

营救美修娃

毛克利一边跑，一边咬牙切齿地说道：“好歹毒的人类，等救出美修娃，一定让你们吃点苦头……我必须赶在巴尔道前面，不然的话，后果不堪设想。”

一会儿，毛克利跑到一个山冈上，用手拢拢湿漉漉的头发，定了定气，放眼望去。只见村庄周围青山隐隐，绿水悠悠，几缕炊烟升起，在房屋上空缭绕不绝，好一幅农村夕照图。

三个月前，美修娃在村口收留了他，而现在，他要救出美修娃。年年岁岁村相似，岁岁年年事不同。

毛克利感叹一番，跑下山岗，偷偷地跑进村，来到会场旁，躲进草丛中向里张望。会场中人群熙攘，吵成一片。几个年轻力壮的小伙子七手八脚，将许多柴草堆在中间。

“哎呀，行刑在即，红花盛开，事不宜迟，我得赶紧行动！”毛克利这样想着，爬出草丛，来到美修娃屋子的旁边，蜷缩在一个角落里，紧紧盯着门口。

美修娃的大门口，三四个彪形大汉手持大刀，来回走动。

毛克利看前门防守严密，蹑手蹑脚地绕到房后，从窗户朝里一看：美修娃及其丈夫被五花大绑，躺在地上，口中塞着毛巾，想叫喊也发不出声音。

“时间紧迫，巴尔道回来就坏事了，我必须争分夺秒，立即救人！”

毛克利“嗖”的一声爬上窗口，“腾”的一声跳在地下，解下胸前的匕首，飞快地割断他们身上的绳索，取下塞在口中的毛巾。这一串动作快如闪电，干净利索。

美修娃正要惊叫，被毛克利捂住嘴巴。美修娃扑在毛克利身上，哽咽着说：“你终于来了，我知道你会来救我！”

毛克利轻轻按着她的肩膀，感到她的身上非常热，同时剧烈地抖动。一瞬时，一股微麻的感觉传遍毛克利全身。两人喜极而泣，沉浸在别后重逢的喜悦之中。

直到现在，毛克利也不知道美修娃是不是他的亲生母亲，但心中深深爱着她。因此，得知她处境危险后，毛克利奋不顾身地跑来了。

“孩子，你不是毛克利，你是我亲生儿子纳都，我心里有这种感应，在这生死关头，你居然赶来救我，一定是我的亲骨肉。以前说不是你的亲生母亲，是不符合事实的。”

毛克利听了，十分感动，禁不住抽噎着叫了一声“妈妈”。

忽然，毛克利的脑中出现了母狼的身影，10多年的往事历历在目，一阵阵温暖涌上心头，仿佛又置身于丛林之中，耳边响起母狼深情的呼唤："毛克利，回来吧，你是狼群中的一员，丛林永远是你温暖的家！"

然而，面前的美修娃对他如此关心，怎么舍得离开。丛林中的母狼，人类中的美修娃，该选择哪一方，何去何从呢？毛克利陷入痛苦的矛盾之中。

美修娃的丈夫向来少言寡语，这时也气愤难平，咬牙切齿地说："这些家伙说我们家生下了妖怪，要判处我们的烤刑，你看看……"说着，用手指指捆绑他们的绳子。

毛克利横眉怒目，愤愤地说："全村人都这样认为吗？我一定要替你们出这口气！"

"是呀！人们都同意将我们烤死。"

毛克利低头想了想说："这里非常危险，不宜久留，你们赶快收拾一下，逃命去吧！"

美修娃紧锁着眉头说："我们对丛林的地形不熟悉，这几天被打得皮开肉绽，浑身没一点力气，一定会被他们追上。再说，丛林中到处都是凶猛的野兽，哪能保住性命。"

"放心吧，有我保护，丛林中的野兽不敢伤害你们。抓紧时间，马上离开。不要弄出声音，大门外有几个彪形大汉。"

这时，会场上的吵闹声更大了，他们三个人听得清清楚楚。

"你们赶紧收拾，我去打探打探，可能是巴尔道回来了！"

说完，毛克利矫健的身体跳出窗外，迅速跑到会场附近，趴在草丛中向里望去。大树下人们围成一团，巴尔道躺在中间，哼哼呀呀叫个不停。

"我追到丛林中，将妖怪杀死了。回来时遭到许多妖怪的袭击，为了保护几个烧炭的人，我奋勇冲杀，将妖怪打得落花流水，可自己也受了重伤。"

人们仔细一看，见巴尔道浑身鲜血淋漓，一个个吓得目瞪口呆。实际上，那些伤口是巴尔道爬树时，由于慌张擦破的，只是些皮外小伤，根本不值得大惊小怪。

巴尔道动身时趾高气扬，吹牛说降伏妖怪不费吹灰之力，此时却遍体鳞伤，但他死要面子，胡说八道，哄骗村民。

毛克利听了，差点笑破肚皮："嘿嘿！这老东西一派胡言。真不明白，人们为什么要抬高自己呢？与丛林中的猴子一样的德行。我不想听了，回去救人要紧。"

到了美修娃的大门口一看，几个彪形大汉不见了影子，也许都跑到会场去了。毛克利心中暗喜，飞快地跑到后边，正准备从窗户往进跳进，脚面触到一个软乎乎的东西。

"啊！妈妈，你怎么知道我在这儿？"

10多年了，毛克利与母狼朝夕相处，情同母子，仅凭感觉就知道是母狼舔他。

"我想见见美修娃。半路上遇到黑豹巴希拉和灰狼，说人们要烤死她，现在怎么样了？"

"还没有处死，现在正在屋里收拾东西，准备逃跑。"

"嗯，这就好。我来护送她，别看我岁数不小了，护送他们还绰绰有余。"

说完，母狼趴上窗户向屋里望了一会儿，然后对毛克利说：

"毛克利，我想起一件事，早晨阿克拉说你与人是同一个种族时，你愤怒地用那个东西刺它……实际上，阿克拉说的有道理，你不可能在丛林中生活一辈子。我觉得，美修娃和你之间有一条无形的纽带，将来你恐怕还得回到人类中去……"

母狼说着，耷拉着脑袋，双眼噙满泪水，充满慈爱地注视着毛克利。

"妈妈！不要说了！我不会离开丛林，更不会离开你。你知道，我对人类十分反感，美修娃在困难时收留了我，况且她因为受到我的连累，才要被处死，丛林中也讲恩怨分明，现在她有难了，我不能袖手旁观，救她是为了报答她的恩情，并不是要回到人类的社会。你不要伤心了，我得马上进去，要是被别人发现了，后果不堪设想……你先隐藏起来，否则，她看见了，还以为你要吃她呢。”

母狼一声不吭，躲到一个黑暗的角落。

毛克利翻身上窗，跳到房里，急忙催促美修娃：“巴尔道正在会场大吹大擂，抓紧时间，快点收拾……你们想好了没有，准备躲到什么地方呢？”

“离这儿50千米有个尼瓦拉镇，那里是英国人的天下，听说那儿法律健全，制度完善，英国人会保护我们的。”

“行，我在这里截住村民，你们立即出发。”

不一会儿，美修娃及其丈夫收拾停当，在毛克利的帮助下跳出窗外。

毛克利拉住美修娃的手，恋恋不舍地说：“你们上路吧，我要拦截村民，不能陪你们同行。我已经安排丛林中的野兽护送你们，听到他们的吼叫不用惊慌。”

美修娃心潮起伏，泪流满面，抱着毛克利久久不肯松手，她的丈夫神情黯然，站在一旁。

“纳都，我的孩子，你是人类的孩子，不能长久居住在丛林中，希望你尽快回到我的身边。”

美修娃的丈夫望望院子，恨恨地说：“可怜我十几年的心血，才建立起这份家业，现在就要毁于一旦，我咽不下这口气，去了卡尼瓦拉，一定要起诉他们，让政府帮我讨回公道。”

毛克利用神秘的口气说：“叔叔，不要伤心，等你下次回来，这里一定是另外的模样，我会让你大吃一惊。”

毛克利的话莫名其妙，美修娃与丈夫听了疑惑不解，但时间紧迫，来不及细问。

送走美修娃及其丈夫，毛克利招了招手，母狼从角落里钻出来。

“妈妈，美修娃她们要去卡尼瓦拉，请你暗中护送。见了黑豹巴希拉，让它快点来，这里有一个任务需要它完成。”

母狼点点头，追随美修娃而去，转眼间，消失在黑暗之中。

黑豹睡大觉

毛克利呆呆地望着母狼远去的身影，长长地叹了一口气。唉，人生难料，聚散匆匆，又是一次生离死别，亲爱的美修娃，不知何日才能与你重逢。而母狼妈妈暗中护送我人类的母亲，这岂不是一种机缘？她们都把我当做自己的亲生骨肉，在我身上倾注了伟大的、无私的母爱，可我只能与其中一个生活在一起，我该选择谁呢？我又能舍得谁呢？这扯不断、挥不去的亲情啊！

毛克利想着想着，眼泪夺眶而出……

“呼”的一声，黑豹巴希拉跳过来，打断毛克利的思绪。

“巴希拉，这么快就来了？你们干得不错，把巴尔道吓得神魂颠倒、狼狈不堪。大哥灰狼他们在什么地方？我想让你们拦住村民，不让他们追赶美修娃。”

“这还不容易？我一个人就可以办到，不用他们帮忙。喂，毛克利，自从逃出吴芝波尔王宫，一直生活在丛林中，好长时间没与人接触过。这几天闻到人味儿，馋得直流口水，我真想杀个人尝尝！”

说到这里，黑豹巴希拉大吼一声，腾空而起。豹眼圆睁，皮毛倒竖，张牙舞爪，好不可怕。

“呔！巴希拉，不许胡来！”毛克利用人类的语言大声喝骂，黑豹巴希拉听不懂他的话，抬头一看，见毛克利目光如电，急忙低下头。

“巴希拉，丛林中的制度明确规定：一般情况下，不可伤害人类，难道你忘了吗？”

黑豹巴希拉听了毛克利的教训，吓得不敢作声，过了好长时间，才吞吞吐吐地说：“毛克利，原谅我吧，人味儿太诱人了，我一时冲动，控制不住自己，以后再也不敢了。”

“行了，以后记住就行了。我虽然对人类非常反感，但还没有反感到杀害他们的地步，只想让他们吃点苦头，灭灭他们的威风就行了。今天晚上，为了防止他们去追赶美修娃，必须牢牢看住他们。”

“巴尔道的胡言乱语，也许结束了，我想人们此时要到美修娃家里去，他们并不知道美修娃已经逃走了。”

“毛克利，我们现在就去，藏进家中，抓美修娃的人们去了，我就跳出来，将他们吓个魂飞天外！”

听到黑豹巴希拉的办法，毛克利高兴地拍着手说：“真有意思！真有意思！”

黑豹巴希拉与毛克利商议妥当，一起来到美修娃屋后的窗口下，巴希拉“呼”的一声跳进去，用鼻子左闻闻，右嗅嗅。看见屋里有一张大床，就跳上去躺在那里，扭过头来对趴在窗口上的毛克利说：“喂！毛克利，这个地方软绵绵的，挺舒服，你也进来睡一会儿，看我怎样捉弄他们。”

“我不想看到那些讨厌的家伙，况且我一露面，对美修娃没好处，你自己表演吧。哦，好像有人朝这边走来了，我先躲一躲。”说完，毛克利飞快地跳下窗口，藏在附近的草丛中。

林中的男女老少手持武器，前呼后拥，杀气腾腾，直奔美修娃家中而来。老和尚与巴尔道一马当先，冲锋在前。

转眼之间，队伍来到美修娃门前。五六个身材高大的青年，肩撞脚踢，砸烂了紧闭的大门，人们手持火把，潮水般涌了进去。

啊！刚才还气势汹汹、叫喊连天的人们一下子惊呆了。只见床上躺着一只身躯庞大的黑豹，一身乌黑的皮毛在火把的照耀下格外醒目。

人们做梦也没想到会出现这样的情景，一个个吓得脸色苍白，浑身发抖，都想赶快逃命，但双腿不听使唤。

黑豹巴希拉“呼”地翻身跃起，后腿立在床上，像人一样伸了个懒腰，然后注视着眼前的人们，张开血盆大口，露出两排白森森的牙齿，“喔——哇——”大吼一声。

人们这时才回过神来，只恨爹娘少生了两条腿，像发疯一样的往出跑，你推我挤，乱作一团。被吓得魂不附体的人们各自跑回家里，关紧大门，用被子蒙着头躺在床上，浑身不住地哆嗦，哪有什么胆量去追赶美修娃。整个村子霎时间静了下来。

毛克利钻出草丛，抱着巴希拉哈哈大笑。之后，一人一兽高高兴兴回丛林去了。

大象造谣言

这天早晨，毛克刚睡醒来，黑豹巴希拉给他送来一条野猪腿，当做早餐。毛克利解下胸前的匕首，割下一块儿，津津有味地嚼了起来。

不大一会儿，毛克利将一条猪腿吃得一干二净，他站起身来，擦擦嘴角的血迹，拍拍肚子说：“嗯，这下吃饱了。巴希拉，飞鸢智儿受母狼的委托，回来报信说美修娃他们平安无事，并且买了马匹，不久就会到达那个市镇。我们不用监视这些无聊的人们了，忘掉他们吧。棕熊伯鲁发现了一个很大的蜂窝，等着咱们去吃蜜呢！”

“我，我差点忘了，巴希拉，这几天大象哈蒂在什么地方？”

“不知道，我与它关系一般，不经常打交道。你怎么突然问起它了？有什么事吗？”

“有件事想请它帮忙，你帮我去找一下，让它带领3个儿子一块来。”

黑豹巴希拉不再多问，点点头转身去了。不长时间，领着大象哈蒂和3个儿子回来了。

前面已经说过，在丛林中大象哈蒂的年纪最大，学识渊博，无所不通。平时性格忠厚，待人和气，一旦惹恼它，不管多么厉害的野兽，都不是它的对手。

“你好，毛克利，找我来有什么事吗？”

“哈蒂先生，有件事情，想请你帮忙。我前几天在村子里的事，你知道吗？”

“知道了，听飞鸢智儿说，那些可恶的人类将你驱逐出来。”

“是啊，不仅如此。村里有一位叫美修娃的女人，因为收留我而被抓起来，被判处烤刑，要不是我们及时获得情报将她救出来，恐怕已被烧死了。我现在识破了人类的真面目，阴险歹毒，无耻下流，违反丛林中的制度，屠杀我们的同胞。这些可恨的家伙住在眼皮底下，以后一定会破坏我们和平自由的生活。”

3头小象听了，热血沸腾，怒不可遏，叫嚷着说：“消灭他们，将他们打个落花流水！”

年轻时候，大象哈蒂有一次掉进猎人的陷阱里，被掩埋在下边的竹尖扎得皮开肉绽，因此，一提起人类，3头小象就想起父亲受伤的往事，恨得咬牙切齿。

大象哈蒂指着人类给它留下的伤疤，对毛克利说：“你看看，那些家伙给我打上了深深的烙印，我从陷阱中逃出来以后，领着它们三个，把那些家伙的庄稼糟蹋得颗粒无收，而且还将它们的房屋铲为平地。”

“嗯，对付那些家伙，就得采取强有力的手段，否则，他们更不知天高地厚。为了给美修娃报仇，出出我心中的恶气，我想请你出马，铲平他们的村庄。但不要违背丛林的制度，不要伤害他们的性命，只将他们的土地合并成我们的丛林，你说怎么样？”

大象哈蒂对人类恨之入骨，马上答应：“行，就这么干，立即行动！我们还要动员野猪、山羊、梅花鹿等小动物，让他们参加战役，全面摧毁人类的土地。”

大象哈蒂说完，领着3个儿子行动去了。

毛克利望着他们的背影，激动地说：“用不了多久，人类的土地就归我们所有了！”

大象哈蒂果然足智多谋，高人一等，它和3头小象到处散布谣言：丛林中的食物不久即将枯竭，为了生存，我们只能到前边的村庄去，那里树青草绿，物产丰富。同时，4头大象分头行动，找到食物狼吞虎咽，大吃特吃。

动物们看到这种情形，对大象的谣言深信不疑。人家都200多岁了，走过的桥比你走过的路还多，岂能料不到灾难即将来临。

于是动物们惶惶不可终日，急得像热锅上的蚂蚁，聚集在一块商议对策。经过激烈的讨论，动物们达成共识：离开丛林，去前边的村子寻找食物。

野猪胃口大，嘴又馋，首先出发。山羊和梅花鹿怕去迟了，食物被野猪吃光，紧紧跟在野猪的后面。紧接着，狐狸、兔子等其他动物也倾巢出动，浩浩荡荡奔村庄而去。

动物们的脑子里什么也不想，想的只是去迟了，就会饿死。它们大步流星、马不停蹄，好像潮水一样，铺天盖地而来。

终于到达村庄，这支庞大的队伍，不用指挥，自发地四散开来，将村庄围得水泄不通。开始没日没夜地吞食各种可吃的东西。

就这样，整个村庄笼罩在野兽带来的灾难之中。

踏平村庄

一望无际的田野上，碧绿的庄稼长势旺盛，有的开着花，有的吐出穗，又是一个丰收之年。

为了预防动物糟蹋这些可爱的庄稼，人们用四根柱子在田野中搭起一个高台，高台上盖着一间简陋的小屋，四周留有窗口。

村民们轮流值班，在小屋的窗口监视动物。太阳刚刚落山，从天边飘过几朵黑云，黑云越聚越多，不一会儿，布满了天空。紧接着狂风大作，电闪雷鸣，下起了瓢泼大雨。

“这场大雨来得真及时啊！庄稼正是需要浇水的时候！”

4个值班的村民坐在小屋里，望着外边的大雨眉开眼笑。话音刚落，就听“轰”的一声，连台子带小屋倾斜着倒下去。

“啊呀！发生地震了，好强烈的地震啊！”

摔倒在地上的4个村民惊叫着。木板、茅草、泥块等房屋材料，接二连三掉下来，把他们砸了个鼻青脸肿。好不容易这些东西掉完了，4个人掀起压在身上的杂物，正准备站起来的时候，听到一个震耳欲聋的吼声“呜——哦——”。

抬头一看，像小山一样的4头大象向他们走过来。

原来是大象哈蒂带领3头小象，用鼻子卷倒4根柱子，毁掉了台上的房子。

4个值班的村民吓得面无血色，连滚带爬，没命地奔逃。

接着，在大象哈蒂的指挥下，所有动物一齐参战，将人们的庄稼糟蹋得寸草不留。

村里的人们听到野兽的叫声，从被窝里爬出来，想去野地看看发生了什么事。但听完4个值班人的叙述后，又吓得心惊肉跳，双腿发抖，哪里还敢去看。一个个口念“阿弥陀佛”跑回家去。

第二天，村里的人们来到田野一看，啊！天哪！他们赖以生存的、惹人喜爱的庄稼全完了！那是一副怎样的景象啊，一片片绿油油的庄稼东倒西歪、乱七八糟。

“这是为什么？一夜之间成了这个样子！”

“一定是丛林中的妖怪干的！”

“让我们以后怎么活呢！”

村里的人们捶胸顿足，号啕大哭，一片凄惨。

正在村民们一个个愁眉苦脸、束手无策的时候，粮行的老板心里乐开了花：“老天有眼，派来妖怪损坏庄稼，我要发财了！虽说都是老乡，也得狠狠赚他一笔！”

粮行老板正在做财的美梦，大象哈蒂从窗外伸进鼻子，吓得他跌了个仰面朝天，急忙爬起来向外跑去。

大象哈蒂带领丛林中的野兽横冲直闯，把房屋砸得七零八落，村子里的人们抱头鼠窜。老和尚双手合在一起，口中念念有词，大概是乞求神灵保佑，但动物们仍然疯狂作乱。

没办法，人们只好去请“根杜”。

“根杜”是在山洞里居住的野人，长年以打猎为生，过着原始人类的生活。由于每天翻山越岭，追捕野兽，一个个身轻体健，武艺高强。

他们听了村民的来意，耸耸肩膀，摊开双手，无奈地说：“要是三五只野兽还可对付，那么多的野兽，我们也没有办法。”

平时大吹大擂、趾高气扬的神枪手巴尔道也没有办法，手拄猎枪呆呆地站在地上，过了好长时间，开口说道：“这里没法生存，我们搬到其他地方去吧！”

他的话刚说完，就遭到全体村民的强烈反对。是啊，搬家说起来容易，做起来就难了。有年纪大了走不动的，有刚出生没断奶的，那怎么搬呢？

没用多长时间，人们贮存的东西都吃完了后，他们就吃树皮、吃野菜。吃下的树皮和野菜消化不了，没几天就死去七八个村民。

人们一看实在没办法待了，只好到别的地方逃荒。全村的人们开始行动，扛包的，背行李的，搬家具的……哭哭啼啼，乱作一团。好几辈居住在这里的人们都不愿离开，他们一步一回头，眼含热泪，朝远方而去。

大象哈蒂见人们全部走了，带领3个儿子来到村里，脚踩鼻卷，转眼之间，将村子踏为平地。后来，树籽、草籽随风落到这块土地，在阳光的照耀和雨露的滋润下，生根发芽，成为一片茂密的森林。渐渐地，与原来的那座丛林连接在一起，合二为一。这场战争，以动物大获全胜而告终。

黑豹巴希拉张开嘴巴，抖动着胡子高兴地说：“毛克利！我们是强者，赶跑了人类，占领了他们的土地，大象哈蒂真了不起啊！”

毛克利一言不发，抬头仰望着天空。

碧空万里，艳阳高照，晴朗的天气却没有舒畅的心情。被人类赶出来的羞耻，拷打美修娃的仇恨，随着动物的胜利而一笔勾销了。我为什么高兴不起来呢？为什么没有杀死邪汉的那种激动呢？哦！我明白了，我明白了！我的身上流淌着人类的血液，我的脑中闪烁着人类的智慧，然而，我却将人类赖以生存的土地纳入动物的版图。怎么说呢？悔？恨？喜？不是，不是，都不是，那是一种说不清，道不明的心情。

管它呢，忘记过去吧，我还要开创美好的未来。

与蟒蛇游泳

现在，我们再看一看大蟒蛇卡阿。在猴子城一战中，大蟒蛇卡阿施展法力，将猴子们打得落花流水、血肉横飞，为救出毛克利起到了举足轻重的作用。

大蟒蛇每年都要蜕一次老皮，换一层新皮，至今，卡阿已经蜕了200次皮了。由于它修身养性，仍然不见苍老，身体硬朗，精力充沛。

我们的毛克利也出落成一个健美的少年了。这天，为了庆贺大蟒蛇卡阿的二百大寿，毛克利一早就跑来了。

这次，卡阿费了好大力气才将旧皮蜕下来，仍然挂在大树上。它觉得有点累，直挺挺地躺在石头上晒太阳。一般情况下，在刚蜕完皮的几天内，卡阿的心情不好，容易发怒。可今天一见毛克利，就热情地与他打招呼。

“嗨！毛克利，你今天怎么想起来这儿了？”

“卡阿！你好！我来为你庆贺二百大寿！”

“谢谢你，毛克利。大象哈蒂不懂事的时候，我已经能够吞下野猪了。实际上，我可以称得上是丛林中的前辈了。嘿嘿，好大的年龄啊！”大蟒蛇卡阿得意地说。

自从猴子城一战，卡阿非常喜欢毛克利，平时也经常来往，关系比较密切。后来毛克利铲除了邪汉，棕熊伯鲁、黑豹巴希拉、狼族首领阿克拉都称他为“丛林之王”，大蟒蛇卡阿非常赞同，对毛克利更加刮目相看。

毛克利坐在大蟒蛇卡阿的身旁，轻轻地抚摸着它的身体，一边和它闲聊起来。

“咦！真有意思。卡阿，你看，你的皮多么完整呀。”毛克利指着挂在树上的旧皮说。

“是啊，我的皮始终是那么大，它不会长粗，也不会变长，因此，身子长到一定程度时，就得将它蜕去，再换一层新皮。你的皮不用换吗？”

“不用。时间长了就会沾上脏物，在水中泡一会儿，使劲一搓，就掉下去了，每次洗完，特别爽快。”

“喂，毛克利，咱们去水里玩一会儿吧！”

“行，现在就去。”

大蟒蛇卡阿知道不远处有一个水潭，领着毛克利不一会儿就来到潭边。水潭清澈见底，旁边有一棵垂柳，条条柳枝垂到水中，微风吹来，荡起一纹纹水波，慢慢扩散开来，十分好看。

毛克利纵身跳起，在空中划了一条优美的弧线，钻入水中，激起一朵美丽的水花。

大蟒蛇卡阿快如闪电，“嗖”的一声，窜入水中，劈波斩浪，游到毛克利身边，一人一蟒，嬉耍起来。

他们正玩得高兴，忽然，旁边的草丛中窜出一条眼镜蛇，来到潭边，喝了几口水，然后昂起头向毛克利和卡阿打个招呼：

“喂！你们好，祝你们玩得开心！”

说完，“哧溜”一声，又钻入草丛中。

大蟒蛇卡阿眼睛盯着眼镜蛇刚才喝水的地方，沉思了一会儿说：

“毛克利，你有没有这种本领：想要什么就可以得到什么。”

“我哪有那么大的本领。例如：我饥饿的时候想吃一块猪肉，但只能捕获一只羊；我想晒晒太阳，却碰到一个阴天；我想让大雨淋一淋，天空中却没有一朵云彩。像这样的例子太多太多了，哪能够想要什么就得到什么，事事如愿呢？”

“嗯，我听眼镜蛇说……可不是咱们刚才看见的那条，是另一条眼镜蛇告诉我的。”

“哎哟！我一见蛇就害怕，他们都有毒，一不小心被他们咬伤了，我的性命也保不住了。”毛克利惊叫着说。

大蟒蛇卡阿用神秘的口气说：“毛克利，你先听我讲个故事，这不是什么传说，是我亲身经历的事：前些日子，我到猴子城去寻找食物，一只猴子被我追得走投无路，钻进石塔旁边的一个洞中，我也跟着进去。费了好大力气才将它逮住，吃完猴子后，我觉得有点累，躺在洞中休息了一会儿，然后又朝前游去。

“在洞中，我碰见一条白色的眼镜蛇，它的年龄不小，也够200多岁。它向我透露了一个秘密，还给我出示了一件宝物。以我的阅历，竟然认不出那是什么东西。

“听白色的眼镜蛇说，那东西坚硬无比，人类如果拥有一小部分，就够一生享用，死而无憾。”

“于是，我将你的情况与它说了，它听了以后，同意让你去参观一下……那真是一个令人不可思议的东西，也不知有没有生命，白眼镜蛇说它居住在那里，就是为了保护那个东西。”

“咦！这么神奇，咱们快点去看看！”毛克利被那东西吸引住了，迫不及待地说。

毛克利与大蟒蛇卡阿爬上水潭，匆匆忙忙向猴子城出发了。

神秘宝藏

大约走了半个小时，他们来到猴子城，猴子们不知到什么地方玩耍去了，整个城内寂静无声，仍和以前一样，给人一种阴森森的感觉。

毛克利和大蟒蛇卡阿穿过古代遗留下的那些建筑物，来到石塔旁边。卡阿提醒毛克利说：“从这里钻进去就可以见到白眼镜蛇，按照丛林中的礼节，你先用它们的语言发出暗号，要不然的话，它们会在暗中袭击，你没有忘记暗号吧？”

毛克利撮起嘴唇学着眼镜蛇的语言：“嘶——嘶——嘶——”

然后他又喊出暗号：“嗨！我们身上流着同一种血液！我们拥有共同的祖先！我们是骨肉兄弟！”

说完暗号，他们两个钻进洞口，往前走去。不多时，来到一棵大树前。毛克利有生以来从未见过这么粗的树，把整个地洞堵了个严严实实。

毛克利正要寻找去路时，大蟒蛇卡阿指着树根说：“别说你了，我活了200多年也没见过这么粗的树，你瞧，从树根下面可以钻进去。”

毛克利仔细一看，才发现树根旁边有个洞口，于是他们一前一后钻了进去。又走了一会儿，前面出现几束光亮，毛克利以为又回到了地面上，正惊疑时，却发现亮光是从地面的细缝传来的，大树越长越粗，把地面撑得裂开一些细缝。

穿过亮光，来到一个大厅，啊！好宽敞呀！

毛克利深深地吸了一口气，又吐出来，兴奋地说：“这可是个好地方，就是走路有点麻烦……喂，卡阿，这里什么也没有啊！”

“嗯！我在这儿呢！”

毛克利听见一个沉闷而沙哑的声音，他急忙回过头，看见黑暗的大厅中，一个白色的东西向前移动，顷刻之间，来到跟前，“呼”的一声站起来，直挺挺立在毛克利的面前。

他这才看清是一条白色的眼镜蛇，不由大吃一惊。白眼镜蛇足有一丈多长，由于日久天长待在黑暗之中，皮肤呈现白色，脑袋附近有点发黄。毛克利提心吊胆地说：“你好！祝你身体健康，祝你万事如意！”

白眼镜蛇听觉迟钝，没弄清楚毛克利的意思，回答的话驴唇不对马嘴：“什么？京城？你说对了，京城中有不计其数的骏马和水牛。可是我年龄大了，听觉不灵敏，听不到战马的嘶鸣。过去，一听到‘咚咚’的战鼓，我就热血沸腾，浑身是劲……”白眼镜蛇沉浸在过去的岁月中。

大蟒蛇卡阿听了它的话，迷惑不解地说：“难道你忘了上次我说的话？这里哪有京城啊，丛林中的马都让黑豹巴希拉咬死了。”

白眼镜蛇用坚决的口气说：“有京城，我不会记错，就是我们国王居住的地方。你没看见地面上辉煌的宫殿吗？这个京城在我祖父上一辈的时候就建立了。我认为它将会万古不朽！”

说到这里，它才注意到毛克利，问：“这是什么动物呢？”

毛克利听得如坠云雾之中，心想这白眼镜蛇年龄太大，有点神志不清，没去理会。

大蟒蛇卡阿听它说话颠三倒四，提高嗓门说：“这里没有什么京城，是一片茂密的丛林！”

“他是什么动物？长着人的相貌，说着蛇的语言，在我面前竟敢这样放肆！”

“我是毛克利，虽然是人的相貌，但从小生活在丛林中，是狼族中的一员，我与大蟒蛇关系不错，眼镜蛇先生，你在这里有什么事啊？”毛克利不卑不亢地说。

白眼镜蛇听了毛克利的话，倒也没有发作，慢慢吞吞地说：“我在这儿已经待了很长时间了，执行一项特殊的任务。”

“那时候，我的身体还未变白，与其他眼镜蛇一样，是黑色的。国王交给我一个光荣而艰巨的任务，让我保护宝物。为安全起见，修建了这座坚固的地下室，用一块沉重的大石头堵在上面。

“我接到这个任务后，提高警惕，丝毫不敢大意，严密看守。堵在上面的大石头以后被移开五回，每回移开，都要运来珍贵的宝贝。经历好几代国王的积累，这里的宝物数不胜数。可后来，再也没有运来一件宝物。

“卡阿，你为什么一口咬定这里没有京城？”

“上面什么也没有，你在下边当然看不见。原来留下的宫殿已破败不堪，猴子们居住在那里，人们从来不到这个地方。”

白眼镜蛇晃着脑袋说：“也有人来过，一共是两三个吧。他们见我在这儿守着，吓得当场昏迷不醒。我接受任务以后，为了防止有人盗窃，每天在墙壁上摩擦牙齿，将毒液聚积在口中，随时准备攻击强盗。

“无论你们怎样说，都动摇不了我的意志。我坚信，等到时机成熟，国王一定会让我见到光明，给我很高的荣誉。因此，我不会轻易放弃自己的使命。

“毛克利，你的面前有很多无价之宝，假如你想活着出去的话，最好多捡一些，好让别人羡慕你！”

此时，白眼镜蛇目露凶光，但大蟒蛇卡阿和毛克利没有觉察。

毛克利蹲下身子一看，地上果然有许多金币，发出耀眼的光芒。但他并没有感到特别的惊奇，因为他在村子里见过这种金币。

白眼镜蛇见他反应冷淡，说道：“到前边去看看吧！”

毛克利不知深浅，满不在乎地往前走去。走了一会儿，眼前都是一堆一堆的金币，是名副其实的一座座金山。

另外还有许多红宝石、蓝宝石、玛瑙、琥珀、玉器之类的东西。最引人注目的是一座纯金佛像，通体上下用纯金打造，宝石眼睛，珍珠盔甲，手举犀牛皮盾牌，栩栩如生，惟妙惟肖，面前放着许多兵器，各式各样的稀世珍宝琳琅满目，比比皆是，令人眼花缭乱，目不暇接。

只要拥有其中一件珍宝，就有一辈子享不尽的荣华富贵，但毛克利毫不动心。他只看中了一根好像铁棍的东西。

这根铁棍叫“安卡斯”，印度人用它触及大象的脑袋或耳朵，大象就按人的意思去完成各种事情，相当于一根指挥棒。这根安卡斯国王曾经用过，做得新颖精致。它的一端安一颗红宝石，另一端是一个玉圈，棒身用象牙制成，上面插一柄小巧的钢叉。

毛克利一看到这根安卡斯，就想到大象哈蒂。

这时，白眼镜蛇别有用心地说：“毛克利，让你大开眼界了吧？你这一生没有白活呀！”

毛克利没有体会到它话中的含义，平淡地说：“没什么呀，我看这些东西没什么稀奇的。只有这根铁棍好像有点意思，我想拿到上面看一看，如果你允许的话，我将感激不尽。”

说着，弯下腰将安卡斯拿在手中。

“嗯！如果想要，你就偷……拿去吧！”

白眼镜蛇目光一闪，心生杀机。

毛克利正要出言感谢，忽然瞥见白眼镜蛇的目光有些异样，下意识地朝四周一望，看见地上躺着几具骷髅，心中暗想：一定是它杀死了前来盗宝的人。

带走安卡斯

毛克利自小与动物为伍，练就了一双火眼金睛，马上识破了白眼镜蛇的险恶用心：这家伙要下毒手了。

他急忙闪到一边，举起安卡斯，做好迎敌的准备，不动声色地说：“我不会谋取珍宝，觉得这棍子好玩，才想带走，如果这也是一件珍宝，那还给你吧。我学毒蛇的暗号，是为了避免与蛇发生冲突。”

大蟒蛇卡阿也不是好惹的，厉声说道："嗨！眼镜蛇，你答应过让人来参观，现在却要诬赖他偷你的珍宝，想取他性命，真是岂有此理。若毛克利在此丧命，我哪有脸面去见丛林中的动物呢？"

"非常容易！我连你一块收拾就行了。我的任务就是保护宝物，凡来盗窃者，格杀勿论！你们都别想走！"

"嗨！闭口！你这个老糊涂，已经说过多少遍了，这里没有什么国王和京城！"

"但宝物仍然存在，毛克利盗宝也是事实。毛克利今天你插翅难飞，拿命来吧！"

毛克利低下头，小声对大蟒蛇卡阿说："白眼镜蛇把我当做爱财如命的人类，我与它见个高低。"

白眼镜蛇张开血盆大口，露出尖利的牙齿，气势汹汹地扑过来，毛克利举起手中的安卡斯，使劲扔出，不偏不倚，安卡斯上面的小钢叉正好刺中的眼镜蛇的脖子，穿过去深深地插入地中。大蟒蛇卡阿闪电般扑上去，压住它的身子。

"毛克利！快点取刀剁它的脑袋！"大蟒蛇卡阿急促地大喊。

"卡阿，我不会随便伤害别人的性命，但要拔下它的毒牙。"

毛克利说着，一手捏住它的脑袋，一手用匕首撬开它的嘴巴：两颗毒牙已变成灰褐色，根本不可能伤人。

"喂！卡阿，这眼镜蛇的牙齿非常疏松，不起作用了。"

"唉！让我们虚惊一场，放它一条生路，我们不杀没有反抗能力的动物。"

大蟒蛇卡阿离开白眼镜蛇的身体，毛克利取下安卡斯。

"嘿嘿！这不堪一击的老东西，还要执行护宝的任务呢！"

白眼镜蛇听了他们的嘲弄，羞得满面通红，小声说："唉！老了！老了！活着没意思，你们杀死我吧！"

"我们饶你不死，但要拿去这根棍子。"

白眼镜蛇垂头丧气地说："你们看着办吧。但要注意一点，这根棍子是魔鬼化身，随时可能取你的性命。它威力无比，可以毁灭整个京城的人类，因此你们不久就会失去它。以前，人们为了占有它而拼得你死我活，今后，还将重演过去的历史，甚至死伤更加惨重。我现在没有能力消灭你们，但那根棍子一定会给你们带去灾难，它是魔鬼化身啊！"

听了白眼镜蛇这番话，大蟒蛇卡阿和毛克利都感到不寒而栗，毛骨悚然，一刻也不想在这里待下去，急忙转身，顺着来路往外走去。他们来到洞口的时候，回头看见白眼镜蛇用牙齿啃着纯金佛像，发出凄厉可怖的呼喊："魔鬼！你在哪里！快点出现吧！"

大蟒蛇卡阿和毛克利爬出地洞，呼吸了一口新鲜空气，将安卡斯拿在眼前仔细端详，在阳光下，一颗颗宝珠闪闪发光，照得人睁不开眼睛。

"让巴希拉瞧瞧，"毛克利说，"这红宝石与它的眼睛差不多。喂，卡阿，白眼镜蛇说它是魔鬼化身，你明白吗？"

"不明白，大概是……我也清楚，刚才不该饶它性命，现在想起来有点后悔。别管它了，猴子城中稀奇古怪的事不少呢！嗯，我想吃点东西，咱们去找食物吧。"

"我不去了，我要去找黑豹巴希拉。再见，祝你捕食顺利。"

血染的美丽

毛克利向大蟒蛇卡阿挥挥手，转过身朝前跑去。没用多长时间，来到黑豹巴希拉的洞口，巴希拉昨晚没休息好，眼中布满了血丝，正在小溪边洗脸呢。

“喂，毛克利！昨天晚上你干什么去了？我准备带你去捕猎食物，可怎么也找不到你。”

“我与大蟒蛇卡阿去了一次猴子城，还带回一根奇怪的棍子，你瞧瞧。”

毛克利将昨天夜里遇到的怪事，原原本本对巴希拉叙述了一遍，然后拿出安卡斯让它看。

“白眼镜蛇说这东西是魔鬼化身，喂，巴希拉，你说这个东西如此漂亮，怎么会与魔鬼扯到一块呢？”

“我认为，越是漂亮的东西，带来的灾难就越大，这是我经过多年磨炼而得出的结论。因此，对漂亮的东西，要加倍小心，提防它背后隐藏的灾难。”黑豹巴希拉板着面孔，一本正经地说：“我小时候被关在吴芝波尔王宫的铁笼里，对人类的习性有一定的了解。人类的确是一种捉摸不透的动物。毛克利，你知道吗？为了这棍子上的一颗红宝石，有3个人丧失性命。

“我真不明白，把这颗红石头安在上面，有什么用处？你看看，我的匕首上面什么也没有，多精巧啊！可是，为什么会有3个人丧失性命呢？我不大清楚，也懒得去想它，我们生活在丛林中无忧无虑，想那么多无意义的事干什么？以后再谈吧，我有点累，想休息一会儿。”

“人类是一种冷酷的动物，经常自相残杀。美修娃那么善良，还差点遭了同类的毒手，是不是？嗨！巴希拉，你睁开眼睛，是不是睡着了？”毛克利举起安卡斯，一边说着一边拨弄它的耳朵。

“哎哟！好疼呀！快点将那根棍子收起来，这棍子是不祥之物，上面沾满了大象的鲜血。”

“咦！你怎么知道上面沾满大象的鲜血？”毛克利惊奇地问。

“嗯，我知道，这个东西是用来指挥大象的。以前在铁笼中生活时，我看见人们用这东西刺大象的脑袋和耳朵，让大象为他们表演节目，如果不听指挥，马上被刺得鲜血淋漓。

“不像我们丛林中一样，各个动物都是平等的，人类身上没长尖牙利爪，但他们有一颗歹毒的心，制造出许多锋利的武器，用暴力征服我们的同胞。

“受到伤害的不只是大象，其他动物同样受尽了人类的折磨。相比之下，我们住在丛林中还挺幸运的。”

毛克利细细揣摸巴希拉的话，口中自言自语道：“卑鄙的人类为了达到自己的目的，不择手段，不顾别人的尊严，随意荼毒生灵，给别人带来深重的灾难，真令人气愤啊！”

他回过头，举起安卡斯，对黑豹巴希拉说：“我看它漂亮好玩，才冒着危险将它取回，谁知道在这漂亮的外表下，却隐藏着那么多动物的斑斑血泪史。我要这倒霉的东西干什么？”

说着，手臂一挥，把卡安斯扔了出去，插在一棵大树上。

“这回，魔鬼化身不在我手中了！”

毛克利怕安卡斯玷污了他的双手，跑到一个小溪边将手洗得干干净净。回过头来对黑豹巴希拉说：“白眼镜蛇说魔鬼化身将一直附在我身上，是吓唬我吧？”

“不要管那么多了。我昨天晚上为抓捕食物没睡觉，现在瞌睡得要命，与你说话时眼皮直打架。”

说完，黑豹巴希拉睡觉去了。

毛克利昨晚在猴子城折腾了一夜，此时也感到筋疲力尽，躺在草地上，不知不觉进入了梦乡：

不知什么时候，他又将安卡斯拿在手中，放在面前一看，好漂亮啊！一颗颗宝石晶莹剔透，闪闪发光，好惹人喜爱哟……

毛克利这一觉睡得好香，直到日落西山时才醒过来，他翻身爬起，伸个懒腰，回味着梦中的情景。

安卡斯虽然是不祥之物，但仍然掩盖不住它的美丽，漂亮的东西看上去的确舒服，爱美之心，人皆有之，何况毛克利已是一个大孩子了。他自言自语道："这个东西虽然沾满了大象的鲜血，但具有很大的吸引力，我再去看看它，不会发生什么事吧？只用眼看看，不动它。"

毛克利来到插卡安斯的大树前，咦！安卡斯不见了，树上只留下深深的痕迹。

连环凶杀案

他吓了一跳，惊疑地向周围望去，见黑豹巴希拉伏在不远处的草丛中。毛克利跑过去问："喂！巴希拉，你干什么呢？"

"查看人的踪迹。这里有人来过，一定是他们把你遗弃的卡安斯拿走了。尾随他们，证实证实白眼镜蛇的话。"

"好！立即行动！"毛克利摸摸胸前的匕首说。

丛林中的动物都善于跟踪追击，黑豹巴希拉可算这方面的行家里手，它从脚印就可推测出动物的种类、形状、重量，甚至动物当时的心情。对此，毛克利佩服得五体投地。

黑豹巴希拉面带微笑，夸夸其谈："小时候，我被关在吴芝波尔王宫的铁笼里，经常看见手持武器的士兵。逃出来以后，我能够根据脚印推测行人的各方面情况，并且采取相应的措施与他们周旋，这个技术不好掌握，棕熊伯鲁和狼族首领阿克拉只学会一点皮毛。"

"嗯，你也染上人类的狡猾奸诈了……咦！巴希拉，你瞧，两只脚印之间的距离变长，脚印前面较深，说明这人跑得速度不慢，可为什么绕了个圈子呢？"

黑豹巴希拉低下头，睁大双眼，细心查看了一会儿，然后又用鼻子闻了闻四周的空气。猛地一跳，像一颗皮球似的，落在五米远的地方。

“果然不错，还有另外一个人。先前那个人为了躲避他，所以绕了个圈子。”

毛克利蹲下身子，看了看说：“后来的这个人脚不大，指头与常人不同，地面被弓划过，是根杜留下的。”

“嗯，分析正确！我们兵分两路，同时追踪。如果咱俩离得太远了，要及时联络。”

他们商议妥当，毛克利跟踪根杜，黑豹巴希拉跟踪另一个人，分头行动。

追踪了一会儿，黑豹巴希拉大声喊道：“喂！毛克利！这人绕了个圈子，在石头后边藏起来了。根杜是什么情况？”

“根杜藏在石头的另一边，停了很长时间。”

“这人拄着安卡斯，也停了好长时间。安卡斯掉在过地上。再仔细看看，有没有其他情况呢？”

“嗯，我再瞧瞧。有两根小树枝，其中一根粗的断为两截……咦！是怎么回事呢？你等一下……哦！明白了，根杜专门弄出声音往前跑去，迷惑那个大脚的人……根杜经过大树……转向右边……来到一条小河旁。嗨！巴希拉，你那边是怎么回事？”

“毛克利，大脚的人飞快地朝前跑，这样吧，我们各追各的！”

毛克利追了一会儿，听见黑豹巴希拉喊他，吓了一跳，因为根据声音判断，巴希拉就在附近，离他只有几十米远。

“噢！到底是怎么搞的？两个人跑的方向相同，而且逐渐靠近……马上就要相遇了。”

毛克利与黑豹巴希拉各自跟着脚印向前追去，果然不出毛克利所料，他们相遇了。这说明根杜和大脚人在此会面了。

毛克利想不出原因，对这件事产生了极大的兴趣，显得非常激动。

“喂！巴希拉，根杜跑到这儿，单腿跪地。咦！那边有人！”毛克利突然指着前面，惊叫着说。

黑豹巴希拉和毛克利走到前面的草丛，看见一个身材魁梧的男人趴在那里，好像一个村民，背上插着一支箭。这支箭是根杜平时使用的那种，上面喂有剧毒。开弓者力气很大，穿透了死者的前胸。两面伤口流出的血液呈紫黑色。死者眼睛瞪大，双拳紧握，形状凄惨恐怖。

看了一会儿，黑豹巴希拉说：“毛克利，被白眼镜蛇料中了，魔鬼化身杀了他。”

“嗯，从脚印可以看出，根杜射死这个人，夺走了安卡斯。”

看着这具尸体，毛克利想起白眼镜蛇的诅咒，吓得浑身起了一身鸡皮疙瘩。

他们跟着根杜的脚印，继续向前走去。在山谷的入口处，有一堆灰烬，留着几根没燃完的枯枝，身材矮小的根杜躺在灰烬中，双脚埋在里面，面目狰狞，显然已死去多时。

黑豹巴希拉和毛克利吓得面色大变，浑身哆嗦。

黑豹巴希拉小心翼翼地来到尸体旁，看了一会儿说：“又一个死去了，咦！怎么看不见伤口？”

“他死在木棍下。”毛克利眼睛一扫，用肯定的口气说：“以前，我见过村民们用木棍击毙水牛，不会留下伤口，但威力不小。白眼镜蛇的诅咒应验了。人类贪得无厌，视财如命，为了将珍宝据为己有，竟然自相残杀，原来白眼镜蛇对人类的理解，比我们深刻多了。”

“嗯，不错，人类的欲望是永远满足不了的。小时候，在铁笼中生活，我就看出人类是一种最残忍、最自私的动物。正因如此，根杜才会被别人害死。”

“凶手究竟是谁呢？”

“看！巴希拉，这儿有4个人的脚印。”

“嗯，据我推测，这4个人杀害了根杜。这事情越来越离奇了。”黑豹巴希拉伸出舌头，舔舔胡须说。

“唉，人类与斑大洛差不多，勾心斗角，尔虞我诈，一根棍子有什么好抢的，他们却看得比生命还重要。人类在我的心目中越来越可恶了。根杜为了抢夺安卡斯，用毒箭将大脚人置于死地，而自己却被别人杀死，真是善有善报，恶有恶报呀！我却和这种下流无耻的家伙是同一个种族，惭愧啊惭愧。”毛克利说到激动之处，泪珠滚落而下。

“毛克利，不要哭了，我知道你的苦处。”黑豹巴希拉安慰他说。

“不知怎么搞得，我现在心烦意乱，脑子生疼，好像要爆炸的。”

“不要考虑太多，马上就会好的。我们去跟踪那4个人，你瞧，地上有5个人的脚印，他们与根杜本来没有什么深仇大恨。”

于是，黑豹巴希拉与毛克利又开始追踪。

走了一个多小时，毛克利听见前面的巴希拉惊叫了一声。知道它有了新的发现，来到前面一看，小溪边又躺着一具尸体，尸身上沾满白色的面粉。

黑豹巴希拉翻过尸体看了看说：“已经死了3个人，这个也死于木棍下。可能是另外3个人合起来把他打死，然后夺去面粉。可他们要面粉有什么用呢？现在还弄不清楚。看来，安卡斯确实是魔鬼化身。”

他们又往前走去，在一棵大树下，赫然躺着3具尸体。树枝上，乌鸦“可乌”沙哑地唱着“地狱之歌”。尸体旁边，是魔鬼化身安卡斯，除了发出耀眼的光芒外，看不出有什么特别之处。一堆柴火将熄未熄，上面烧着几个面饼，因无人翻转，已烤焦了。

“毛克利，我查不出死因，你过来看看。”

毛克利没吱声，他从火堆上拿起一个面饼，放在鼻子下边闻了闻，说："喂！巴希拉，饼子里边有毒，他们是中毒而亡。"

"嗯，4个凶手中有一位做好掺毒的饼子，但没等毒死另外3个人，自己就被打死了。"

实际上，事情发生的经过是这样的：

大脚的人无意中捡到毛克利遗弃的安卡斯，下山时遇见身材矮小的根杜。根杜见宝起意，用毒箭射死大脚人，抢走安卡斯。

根杜正觉发冷，恰巧碰到4个烤火的商人，他过去烤火时暴露了安卡斯，4个商人要低价收购，被根杜拒绝了，他们拉扯了好长时间，最后将根杜打死。

4个商人获得安卡斯，准备出售以后，平分赃款。走到半路，他们停下来想休息一会儿，顺便吃点饭。其中一个到小溪边和面时，起了私心，想自己独吞珍宝。于是在面粉中下了毒，做成饼子。正在他暗自高兴时，被3个同伴从身后杀死。

那3个人明白，4个人平分，不如少一个人平分得到的钱多，因此下了毒手。3个家伙不知饼中有毒，在火上烤着吃，还没等全部吃完，胃中难受，毒发而亡。

送回"魔鬼化身"

心胸宽广、光明磊落的黑豹巴希拉与毛克利，只能根据地上的踪迹，主观推测事情发生的可能性。若明白了事情的真相，恐怕他对人类的愤恨会达到无以复加的地步，一辈子都不愿与人类为伍。因此，毛克利不知底细，倒不是一件坏事。

他与黑豹巴希拉心中，都认为4个人的死亡是由安卡斯引起的。

黑豹巴希拉用爪子将安卡斯抓起来，笑嘻嘻地说："毛克利，来吧，咱们斗一场，看谁能抢到这个东西？”

“我们不像人类那样贪得无厌，视财如命，因此不可能发生冲突。现在，已经有6个人因它而失去性命，如果让别的人类看到这件珍宝，他们还会拼个你死我活。”

“嗯，他们都是一般的凡人，一个个自私、歹毒，哪如我们丛林中的民族团结、正直。”黑豹巴希拉用轻蔑的口气说。

毛克利深思了一会儿说：“人类与猴子们有相似之处，猴子们在水中看到月亮的影子，其实是一种虚幻的东西，它们却以为是稀世之宝，不惜代价地抢夺，人也是一样，不择手段，不计后果，甚至不惜牺牲同胞，去争取私利。都怪我，带回这根可怕的魔棒，白白伤了6条性命。我以后一定牢记这血的教训，不让美丽的外表迷住自己的眼睛。我决定，将安卡斯送回荒凉的坟墓，交给白眼镜蛇保管。”

大蟒蛇卡阿和毛克利离开以后，白眼镜蛇躺在地洞下面长吁短叹，无精打采。真是老糊涂了，牙齿已经疏松，身上也无缚鸡之力，自己还浑然不觉，在这儿装模作样地保护什么宝物，完成什么使命。眼睁睁看着人家不费吹灰之力就将安卡斯带走，自己却无可奈何，只能恶毒地咒骂几句，还有什么脸面活在世上。

这一天，白眼镜蛇垂头丧气地坐在那儿胡思乱想，突然眼前一亮，一束光线从大石头的缝隙照进来，紧接着“叮当”一声，有个东西掉在成堆的金币上。

白眼镜蛇大吃一惊，心想：完了，真是福无双至，祸不单行，安卡斯刚被毛克利带走，现在又来了强盗。可叹我年老力衰，要是过去，嘿嘿……

“白眼镜蛇爷爷！”毛克利亲切地叫了一声。

白眼镜蛇听出是毛克利的声音，心中又惊又喜，它知道毛克利不会盗取宝物。

“你年纪大了，应该好好地休息，挑选一个年轻力壮的来保护宝藏吧！”

白眼镜蛇说：“孩子，你没死吗？魔鬼化身放过你了？”

“我不知道。但是由于它，6个人失去了生命。这个东西千万不要让其他人看见。”

“嗯，孩子，你自己平安无事，还担心别人受到伤害，可见心地仁慈，不愧为丛林之王，仁者无敌啊！”

毛克利借助大象哈蒂的力量，发动丛林中的野兽，吞并了附近的那个村庄，在动物中树立了很高的威信，被推举为“丛林之王”。

一天，毛克利遇到流浪的温土拉狼，这只狼被凶猛的狄干高原大红狗打败了，正生命垂危。毛克利就收留了这只温土拉狼，并决定向大红狗发起挑战。

蟒蛇传授妙计

毛克利又遇到了大蟒蛇卡阿，大蟒蛇卡阿将身子伸开，直直地躺在河滩上，问毛克利：“嗨！毛克利，你明白我们来这里的原因吗？”

“不明白，你不是要传授我对付红狗的计策吗？”

“是的，就是这个原因。大约50年前，一只梅花鹿被许多凶猛的豺追到这里，梅花鹿一看走投无路，不顾黄蜂的毒针，穿越生死线，跨入地狱之门，来到一个山崖上，后面的豺可能是饿昏了头，没想到可怕的黄蜂，在后面紧紧追赶，前面的梅花鹿慌了神，左冲右突，四处乱窜，后来一脚踏空，掉进沟里。

“此时太阳当头，燥热难当，梅花鹿惊动了正在休息的黄蜂，他们火冒三丈，铺天盖地般扑向梅花鹿。

“后面的豺们以为梅花鹿这次跑不掉了，一个接一个跳下沟中。没想到，没等落到沟底，便碰到成千上万的黄蜂。就这样，那只梅花鹿保住了性命，而豺们却被全部螫死。

“那时候，一条大蟒蛇正在沟中玩耍，看见这一场面欣喜若狂，等黄蜂离开以后，不费吹灰之力，吃了一顿鲜美的鹿肉。”

听到这里，毛克利哈哈大笑，拍着卡阿的脑袋说：“哈哈！卡阿，那条大蟒蛇就是你吧！你真是老奸巨猾！”

“当然是我啦！”

大蟒蛇卡阿得意地说完，脸色又阴沉下来：“毛克利，狄干高原上的红狗们虽然异常凶猛，但根据我亲身经历过的这件事，不难想出一个对付的办法。”

毛克利天资聪明，立即明白了卡阿的意图，高兴地说：“你的意思是让我学那只梅花鹿，是吧？这个办法非常巧妙，但危险性很大，弄不好自己也会受到伤害。”

“没关系，等黄蜂出动时，你可以躲起来。到时候，红狗们顾不上察看地形，一心一意只顾追你，你也像梅花鹿那样，跳到沟中，红狗不知是计，当然要跟着跳。”

“这样，红狗就会像豺一样遇到黄蜂，死无葬身之地。即使有个别的逃出性命，也不敢在陆地上久留，只能从水中逃命，由于两岸都是崇山峻岭，它们想上岸，就得游到西奥尼山。只要在那里布下埋伏，一定可将它们打个落花流水……毛克利，这个计策怎么样？嘿嘿！”

“太好了！太好了！你真是足智多谋！”毛克利伸出大拇指说。

“可是，你千万要小心谨慎啊！”大蟒蛇卡阿提醒他说。

毛克利挺胸抬头，抑制不住心中的激动，大声说：“为了狼族的利益，为了丛林的安全，为了抗击侵略，就是粉身碎骨，我也心甘情愿！”

毛克利的耳边仿佛听到红狗的吼声，一下子点燃了胸中的怒火，振臂高呼："朋友们！我的同胞们！为了保卫家乡，让我们去拼吧！"

卡阿仍然放心不下，盯着毛克利问："你真的下定决心了吗？事关生死呀！"

"我决心已定，不可能动摇。可红狗们怎样才会追我呢？"

"假装害怕，引诱他们。你对这儿的地形熟悉吗？"

"不熟悉，必须观察观察。"

"嗯，你去吧。上面杂草丛生，坑坑洼洼，坎坷不平，还有一些深涧，如果掉下去就完了，你要提高警惕啊！"

"我先回到丛林，把这个妙计告诉狼们，让阿克拉它们在河岸边设下埋伏。"

"我与它们不是同一个种族，不参加你们的战斗了。战斗结束后，通知我一声。"

大蟒蛇卡阿是冷血动物，一般不与其他动物来往，加上它本领高强，所以十分狂妄。由于心中喜欢毛克利，才将他带到地狱之门，传授他一条妙计。

大蟒蛇卡阿又将毛克利带到远离黄蜂的地方，让他去观察地形，自己来到丛林中。

会场上，阿克拉、费奥和所有的狼，一个个好像热锅上的蚂蚁，不停地走来走去，焦躁不安地等待毛克利回来。

大蟒蛇卡阿游到主席台上，大声说："狼族的朋友们，红狗马上就要进攻了，你们立即埋伏在河岸边，到时候迎头痛击。"

"卡阿？为什么不见毛克利回来？为什么要在岸边埋伏？"

"毛克利执行他的特殊任务去了，这是我俩定下的计策。你们不要担心，我和毛克利一样，都是你们的朋友。"大蟒蛇卡阿通知完狼们，又来到地狱之门。

毛克利正在悬崖上观察地形，一见卡阿来了，高兴地跑到它的身边，温柔地抚摸着它又长又粗的身子。

大蟒蛇卡阿问：“毛克利！那些红狗们，什么时候才能来呢？”

“快了，它们一路上沿着温土拉的血迹，马上就过来了。”

“你千万要注意，红狗和黄蜂都不好惹！”

“嗯，我知道了，到时候就看我的了。喂，卡阿，我要到前边去看一看。再见！”

毛克利说着，与卡阿摆摆手，钻入水中游走了。

毛克利引诱红狗

水中的毛克利想到大战即将来临，不由得热血沸腾，豪情万丈。他加快速度，不一会儿，游到集会场附近，停下来，爬到岸上。

忽然，毛克利闻到一股大蒜的香味，眼睛一亮，自言自语说：“哦！我想起来了。以前棕熊伯鲁采蜜时，身上总要带一些大蒜。它说蜂类最怕大蒜的味道，只要闻到，马上就会躲得远远的。”

于是他顺着蒜味儿往前走，没走多远，地上果然长着许多大蒜。毛克利弯下腰，拔了一些蒜苗，编织起来。他的手本来就十分灵巧，再加上出身于工匠世家，转眼间，编成一个圆圈，戴在头上。

他正要站起身往前走时，看见地上有几滴血。

“嗯，这一定是温土拉身上的血，它去会场时，必须经过这儿。”

这样想着，毛克利又在四周仔细检查，发现血迹一路滴到会场，证明他的推测是正确的。

毛克利的心情激动起来，想道："红狗们一路跟踪温土拉的血迹，来的时候一定要经过这儿，我在树上等它们。"

毛克利飞快地爬上一棵大树，坐在树杈上。解下挂在胸前的匕首在脚上磨起来。由于从未穿过鞋，长期在丛林中奔走，毛克利的脚底又厚又硬，是一块很好的磨刀石。

这时，他听到了许多杂乱的脚步声，同时还嗅到一股怪味儿。

"啊！是红狗！它们终于来了！"

远处，黄尘滚滚，遮天蔽日，成群结队的红狗沿着温土拉的血迹，终于来了。

毛克利坐在树上向下一看，红狗个个四肢发达，神态威猛，让人望而生畏。走在最前面的大概是它们的首领，身体更为高大，腰部却非常细，这种体形适于奔跑跳跃。身上的肌肉一块块鼓出来，棱角分明，耳朵直直地竖着，三角眼中露出阴森森的光芒，嘴角还沾着未干的鲜血。由外貌就可想象到红狗的残忍、贪婪、凶恶。

"嗨！你们好！"毛克利坐在树上与他们打招呼。

红狗们都停下脚步，抬起头，恶狠狠地瞪着树上的毛克利。

"哼！你们到这儿干什么？"毛克利大声说。

"干什么？你管得着吗？我们想干什么就干什么！"红狗的首领蛮横地说。

毛克利毫无惧意，"叽——叽——叽"学了几句乞丐鼠的叫声。在狄干高原，乞丐鼠是一种被人耻笑的动物。毛克利耻笑红狗像乞丐一样。

红狗们听毛克利侮辱它们，气得乱蹦乱叫，将大树团团围住。

毛克利用手吊住树枝，身体悬挂在树上，两脚乱蹬，逗弄树下的红狗。

"滚回去吧！红狗们！滚回你们的狄干高原，这里不允许你们胡作非为！你们这群笨蛋！想到这里找食物，简直是白日做梦。再不滚回去，立刻就让你们吃点苦头。咯咯！咯咯！你们瞧瞧自己的脚吧，长着多难看的毛啊！别的动物脚上都光溜溜的，哪像你们？这充分说明你们是最无耻、最没教养的动物！”

说完，毛克利双脚的10个指头乱动，嘴里不住大笑。

红狗们最恨别人耻笑它们脚上的长毛，气得龇牙咧嘴，恨不得把毛克利撕个粉碎。

红狗的首领脾气更加暴躁，破口大骂：“该死的猴子，下来！”

“下来！如果还不下来，我们就不离开这里，将你活活饿死！”

所有的红狗大呼小叫，怒吼连天，震得树枝不停地颤动。

毛克利正是要拖延时间，好让阿克拉他们准备充分。无论红狗如何大骂，他仍不动怒，嬉皮笑脸地逗弄它们。同时，他的手中紧握匕首，以防不测。

这群红狗见毛克利不生气，心中更加气愤，那表情实在难以描述。他们的首领怒不可遏，用尽浑身力气往上一跳，想咬住毛克利。说时迟，那时快，毛克利突然伸出手，一下子抓住它的脖子。红狗的首领又气又急，拼命挣扎。毛克利一手使劲掐住红狗的脖子，另一只手挥舞匕首，“咔嚓”一声，割断它的尾巴，然后又将它远远抛出。

红狗首领疼得哇哇乱叫，尾巴上鲜血直流，染红一大片土地。

红狗们爬不上树，只能在树下狂吠。毛克利仍在挑逗它们，双方就这样对峙着。

天色暗下来了，再过一会儿，大黄蜂们都要回巢，红狗们的精力也不如下午旺盛了。这正符合毛克利的心愿。看看时候差不多了，毛克利“嗖”的一声，跳在另一棵树上，动作比猴子还灵巧。地上的红狗哪里肯放弃，奋起直追。

毛克利接二连三地从一棵树跳到另一棵树，不一会儿就闯过生死线，来到地狱之门。毛克利从树上跳下来，摘下戴在头上的蒜苗，挤出蒜汁，涂在身上，又向前跑去。

后面的红狗们看见毛克利从树上下来，心中大喜，以为这次跑不掉了，发疯似地追赶过来。

毛克利在丛林中练就了一双飞毛腿，一般狼都追不上他，别说红狗了。但他有意放慢脚步，与红狗拉开不远不近的距离。他心中明白，如果距离太近，有可能被红狗咬住，若离得太远，又怕红狗们失去信心，不追过来。

此时，他已跑到豺追杀梅花鹿的地方，搬起事先准备好的两块大石头，向悬崖下扔去。

“轰隆！轰隆！”从谷底传来两声巨响。

密密麻麻的黄蜂，不知道发生了什么事，慌作一团，狂飞乱舞。

毛克利一看时机成熟，拼命往前奔跑，来到崖边，双腿用力，腾空而起。身后，红狗的首领也追过来了，高高跃起。在往下跳的过程中，毛克利的胳膊被红狗的首领，用前爪划开一道口子。他刚落入水中，大蟒蛇游过来，将他带到一块礁石上。大红狗首领掉进水后，没见浮上来，大概被淹死了。

悬崖上，成千上万的黄蜂铺天盖地般扑向红狗，没命地乱螫，红狗们的声声惨叫凄厉可怖，毛克利听了，头皮阵阵发麻。

红狗们的尸体一具接一具从悬崖上掉下来，“咕咚……咕咚”，落水时发出的声音不绝于耳。没被螫死的红狗们争先恐后地跳入水中，向前游去。

大蟒蛇卡阿干笑两声说：“嘿嘿！毛克利，我们的办法不错吧！嘿嘿！”

毛克利解下脖子上的匕首，紧紧握在手中，说：“卡阿，黄蜂只螫死一部分，其他的红狗都逃到河里去了。”

“嗯，不要忙，这些残兵败将游到阿克拉的埋伏圈中，一个也活不成。走吧，我们跟在后边，看看它们是怎样灭亡。”

此时，天已经完全黑下来，天空中的星星与水中的影子交相辉映，水面上星星点点，好看极了。

大蟒卡阿驮着毛克利，飞快地向前游去。不多时，追上了逃命的红狗们，嗨！除了死在黄蜂针下的，居然还有一百多只。那个首领并未淹死，带领着红狗向下游逃跑。大蟒蛇卡阿与毛克利不紧不慢地跟在后面。

这时，由阿克拉和费奥带领，埋伏在前边的狼们发出了震天的喊声。

游在前边的红狗大叫起来：“哎呀！不好了！前边有埋伏！”

“快上岸！快上岸！”

“上不去呀！悬崖太陡了！”

红狗们吓得魂飞魄散，无奈水流过急，只得随着水流往前游去。

大蟒蛇卡阿停下来，对毛克利说：“毛克利，我与狼不是同一个种族，不与你们并肩作战了，再见了！祝你们胜利！噢！我差点忘了，红狗们善于攻击身体的下半部分，你千万记住！”

“谢谢，我记住了。卡阿，后会有期！”

大蟒蛇卡阿游走后，毛克利发现温土拉站在岸边，缺了一条腿。它见毛克利也在水中，迈动剩下的3条腿来到跟前说：“喂，毛克利！请你把红狗引上岸来。”

温土拉报仇心切，但红狗们折腾了快一天时间，浑身乏力，没心思与它搏斗，往下游而去。

狼狗大决战

红狗们来到会场跟前的岸边，一群狼在岸上虎视眈眈地望着他们。红狗首领虽然被毛克利砍下尾巴，但仍然十分凶猛，大声下令："朋友们！我们不习惯水战，快点上岸，消灭敌人，现在开始行动！"

毛克利见状，急忙钻出水面，爬上岸来与狼群会合在一起。

岸上一场罕见的激战展开了。狼族中所有的狼全部出动，因为对手对于强大，而且，这一战关系到整个狼族的生死存亡，雌狼和小狼也都上阵。

战斗前夕，大狼告诉小狼们说："为了保卫美丽的丛林，维护安定团结的局面，你们要以集体利益为重，人人奋勇，个个争先，假如你们的父母倒下去，你们要踏着它们的鲜血，继续冲锋陷阵，一定要将红狗们赶出丛林！"

小狼们听了，一个个热血沸腾，摩拳擦掌，恨不得马上迎敌。

尽管狼们倾巢出动，但仍抵挡不住凶猛的红狗。战场上，狼与红狗你抓我咬，你踢我蹬，战在一块。有的被咬下耳朵，有的被划破肚子，有的被抓瞎眼睛……一个个皮开肉绽，鲜血淋漓，触目惊心，惨不忍睹。霎时间，横尸遍野，血流成河。

大蟒蛇卡阿说的没错，狼喜欢攻击对方的脑袋和脖子，红狗却善于攻击四肢与腹部。

所以，红狗们开始上岸时，有不少被狼咬伤了脑袋和脖子，但上岸以后，就进行反扑，加上人多势众，立即占了上风。

"鼓足勇气，往前冲啊！"

毛克利看狼们快要招架不住，心急如焚，大喝一声。

他站在一棵大树后面，手持匕首，连劈带刺，痛击红狗。

红狗们对他早就恨之入骨，此时又听他为狼们加油，马上将他包围起来。毛克利奋起神威，东挡西杀。

4只狼兄弟见他形势危急，心中着急，但由于其他狼和红狗在中间阻挡，一时不能过来救援。不长时间，灰狼冲过来，在他身边拼命抵挡。后来，另外3个兄弟也杀过来，毛克利脱离了危险。

战斗仍在激烈地进行，从岸边打到丛林中。毛克利与4只狼兄弟被冲散了，他一边与红狗搏斗，一边为狼们鼓气："朋友们！冲啊！为了正义，为了和平，为了我们的家园，冲啊！"

有生以来，毛克利还是第一次参加规模这样大的战争。

战场上，他声东击西，指南打北，身体灵活，穿插于红狗之间，越战越勇。看着一只只雌狼、小狼、大狼壮烈牺牲，毛克利深受感动，抖擞精神，杀入战团。

混战中，他看见阿克拉在两只红狗的围攻下，招架不住，情形十分危急，想过去救援，但离得太远，冲不过去。

一只红狗被费奥咬住脖子，扔在三四只小狼面前，小狼们一拥而上，将红狗撕碎。以前战无不胜的红狗，没想到狼群如此顽强，久攻不下，心中有些烦躁，但仍不手软。

毛克利察言观色，看红狗们心浮气躁，就转变了策略：只要拖住他们，时间一长，红狗就会丧失斗志，到那时，将不战而胜。

想到这里，毛克利手起刀落，斩下一只红狗的狗头。这一招果然奏效，红狗一见匕首，就抱头鼠窜。

"弟兄们！继续拼杀，敌人快不行了！"

"然而，我们仍需提高警惕，将敌人彻底消灭干净，去夺取最后的胜利，这是一场你死我活的战斗……"

毛克利的话深深激励着狼群的斗志。

混战中一只红狗扑向毛克利，毛克利正要举刀，另一只狼飞快地咬住了红狗的脖子。啊！是温土拉！毛克利的匕首正要刺向红狗时，被温土拉拦住了，它要亲手杀死这只红狗，毛克利答应了它的请求。

温土拉张开嘴巴，将妻仇子恨聚积于牙齿，“咔嚓”一声，咬碎了红狗的脑袋，红狗倒地身亡。毛克利这才看清这只红狗光秃秃的没有尾巴，原来是红狗的首领。

“温土拉，你杀死的是红狗的首领，它的尾巴被我砍掉了，因此认识它。如今大仇得报，你的妻儿也该瞑目了。”

毛克利没听见温土拉说话，低头一看，温土拉的身子瘫软在地，牺牲了。这只狼早就身受重伤，仅凭一口气拼命支撑，当听到被它咬死的红狗是首领时，知道大仇已报，一松气，就随它的妻儿去了。

毛克利眼含热泪，哽咽着说：“温土拉！你是一位勇士，安息吧！”

灰狼来到温土拉旁边，抱着它的身子说：“英雄！英雄！死得壮烈啊！……毛克利，你看见阿克拉没有？它哪里去了？”

“啊！”毛克利大惊失色。

毛克利与灰狼到处冲杀，也没见阿克拉的影子。只见新任首领费奥浑身鲜血，振臂高呼：“冲，冲，冲！红狗马上就要败阵了！继续努力！将它们消灭干净！”

“不要放跑它们，红狗咬死了阿克拉！为阿克拉报仇！为阿克拉报仇！”

狼群发起了最后的冲锋，红狗们抵挡不住，丢盔弃甲，溃不成军，狼狈逃窜。

毛克利听说阿克拉牺牲了，神志不清，大脑一片空白，拼命挥舞手中的匕首，眼前的红狗一个又一个倒下去，溅得他浑身是血。

“阿克拉！阿克拉！”毛克利悲痛欲绝，眼泪滚滚而下。

“毛克利！”阿克拉被一堆红狗的尸体压在下面，断断续续地说，“我……我不行了……”

毛克利跑过去，将红狗的尸体踢开，抱起阿克拉说：“阿克拉！你怎么了？你要挺住啊！”

阿克拉面色苍白，强打精神说：“毛克利，我不行了，不能为大家作贡献了，还好，我消灭了9只红狗，死也够本了。你不要离开，看我怎样死去。”

毛克利失声痛哭，轻轻地抚摸着阿克拉的身体。

“毛克利！……你小时候……第一次参加集会……我永远不会忘记。邪汉的皮……垫在首领的座位上……今天…又杀退红狗…你终于长大成人啦！”

“不是人，我是一只狼，我与大家是亲兄弟！是狼族中的一员！尽管我长着人的相貌，但心中永远把自己当做一只狼！”

“你不是狼！你是人！你机智勇敢。要是没有你的协助，我们狼族将任人宰割，我们的丛林，也将被踏为平地。你拯救了狼族！拯救了丛林！谢谢你！明天，你回人类中去，与人们一起生活，这才符合动物生存的规律。毛克利，你今天为狼族立了大功，也算报答了公狼和母狼的养育之恩，他们地下有灵，也该含笑九泉了！我代表全狼族感谢你！代表丛林中的所有动物感谢你！不管怎么说我要你回到人类中去。就是为了劝你，我才支持到现在，没有断气。”

“不，我早已下定决心，不回人类中去。你知道吗？丛林是我永远的家。”

“我知道。但那是以前的事。时间可以改变一切，你以前的决定并不代表现在和将来。你是人，有着与生俱来的人性。总有一天你的人性要发作出来，向往人类的生活。”

毛克利想了一会儿说：“如果我的人性发作了，我再离开丛林，回到人的环境中去，行吗？”

“行。你这样说，我就放心了，没有什么牵挂的了。毛克利，亲爱的孩子，我要到另一个世界去了。你扶我站起来，我一生刚强，死的时候，也要站着死。”

毛克利应了一声，哆嗦着双手将它扶起，阿克拉咬着牙根站起来。

“毛克利！上次在瘸虎邪汉的煽动下，我被从首领的座位上赶下来，差点送了性命。在你的帮助下，我才活到现在。今天，我为狼族和丛林的利益血染沙场，死而无憾，在断气前见到你，更觉欣慰。”

阿克拉说完，合上眼皮，与世长辞。

毛克利扑在阿克拉身上放声大哭，长跪不起。

狼们围在毛克利和阿克拉身旁，哭起了“死亡之歌”！歌声悲壮激昂，震撼了西奥尼山，震撼了卫茵郡嘉河，响彻九霄。

狼们清理战场时，抬出了21具尸体，其中大狼6具，雌狼和小狼15具。活下来的狼中，身上都不同程度地受了伤。

自称“天下无敌”的红狗从丛林中逃出去，在回狄干高原的途中，由于伤痛和饥饿，全部死亡。

带着丛林感情

时间过得真快，转眼间，与红狗的激战已经过去两年了。

春天来了，百花盛开，柳枝吐绿，大地呈现出一片盎然生机。

黑豹巴希拉躺在草地上睡着了。暖风吹来，夹杂着几许花香，毛克利眼前朦朦胧胧，有点困了，可刚一躺下，脑中就胡思乱想开了，再也难以入睡。

近来，经常出现这种情况，明明瞌睡了，但一躺下又清醒过来。心中烦躁不安。巴希拉说到了春天，都是这个样子，为什么去年不是这个样子呢？

毛克利虽然十六七岁了，但仍然弄不清是什么原因。实际上，这是他人性的流露。因他长期反感人类，做梦也想不到哪天会厌恶丛林中的生活，所以意识不到这一点。十六七岁，正是反抗束缚、接受新鲜事物的年龄。毛克利忽喜忽恼，时愁时悲。

“咦！这是怎么了？我为什么这么烦闷？去看看人类吧……”

啊！为什么会有这种念头呢？毛克利浑身颤抖了一下，不敢往下想了。到丛林中去转一转，解解闷吧。毛克利站起身来，漫无目标地向前走去。他在路旁随手摘了些野花，编成一个花环，戴在头上。健美的身材，刚毅的脸庞，头戴花环，好精神！

忽然，毛克利停下脚步，他看见眼前盛开着一朵“红花”。

“啊！我以前见过这种红花，并且还用它打过邪汉呢。”

毛克利陷入沉思之中。想到美修娃，一股暖流传遍了全身。他不由自主地向前走去。面前是一间房屋，窗户开着，因此可以清楚地看到屋里的红花。

毛克利站在门口犹豫不决。突然，跑来三四只狗，围着他乱叫。他弯下腰，学一声狼叫，狗们吓得夹着尾巴逃跑了。

“吱——”，门开了，一个穿白衣服的女人来到门口。

毛克利正要瞧瞧她的模样，里边传来一声婴儿的啼哭。那白衣服女人扭过头，充满慈爱地说：“不要哭，不要怕，快快睡吧！”

毛克利的心差点从喉咙跳出来，多么熟悉的声音啊！难道真是我日思夜想的她吗？

白衣服女人安慰完婴儿，又扭过头。

“啊！美修娃！美修娃！”毛克利脱口而出。

是梦中吗？不是，是现实，两人抱头痛哭。那情，那景，令人心酸泪下。无情的岁月，染白了美修娃的头发，无情的岁月，在她额头刻下深深的皱纹。然而，她慈祥的目光依旧，她甜美的声音依旧。

“纳都！”

“妈妈！”

几年来，“妈妈”二字始终憋在毛克利的胸口，今天叫出，才感到非常舒畅，两行热泪滚落在地上。

美修娃将毛克利让进屋里，向他述说分别后的经历：“我们去了卡尼瓦拉，向英国人的法庭起诉，但法官们草草调查一下就不管了。后来在我们的强烈要求下，法官派出几个士兵去帮我们索讨财产，但村子长满了树木，与附近的丛林连成一片。我们没有经济来源，生活非常困难。最后，我丈夫在这里建起一座小屋，并且找到一份工作，生活稳定下来。不幸的是，他去年因病去世了。”

美修娃刚说完，床上的婴儿又哭开了。

“来，纳都，过来抱抱弟弟！”

毛克利哆哆嗦嗦地伸出手，把孩子抱在怀中，看了又看，亲了又亲。柔嫩的皮肤，胖嘟嘟的小胳膊、小腿、小嘴……

原来人类的婴儿这么可爱。看，还会笑呢。

忽然，美修娃的眼睛呆呆地看着门口，毛克利回过头，一只野兽的爪子伸进来。

“妈妈，不用害怕，它是我灰狼大哥。你们逃跑时，就是他们与母狼暗中护送的。可是，母狼已经去世了。”

说着，毛克利的眼睛充满泪水。

此时的毛克利，心中想的太多太多：“怎么办呢？我该不该离开美修娃呢？她可是我的亲生母亲呀！如果留下来，还得与其他人类打交道，可我恨死他们了！况且，我怎能舍得离开丛林呢？不行，我还得回丛林中去。”

美修娃见他要走，拉着他的手泪流满面：“纳都，我等着你，你一定要回来啊！”

毛克利泣不成声，依依不舍地与美修娃分手后，又回到丛林中。连日来，毛克利愁眉苦脸，夜不能寐。生我的是人类，而养我的却是母狼、公狼。

丛林中的一草一木，一山一水，哪一处没留下我的笑声？哪一处没留下我的足迹？母狼，我亲爱的母亲，10多年来，含辛茹苦将我养大，一口乳汁，是一片母爱；一口食物，是一片亲情啊！狼洞口，你与邪汉反目成仇；集会场上，你差点与狼大动干戈，一桩桩，一件件，都包含着你拳拳的爱心。

一日为师，终身为父，棕熊伯鲁为了教我处世原则和丛林规矩，不辞劳苦，呕心沥血，既是严师，又是慈母。

为了我的安全，黑豹巴希拉不离左右，日夜操劳，为了救我，在猴子城浴血奋战，差点命丧黄泉。老狼阿克拉，与红狗恶斗，气绝身亡之前，念念不忘的只是我，我在心中早就将它视为父亲。

灰狼四兄弟、大蟒蛇卡阿、大象哈蒂……这丛林中的所有动物，都是我的好朋友、亲兄弟！

而人类呢？虽然我对人类十分反感，甚至恨之入骨，可一看到美修娃慈祥的目光，身上就涌起一股暖流，这可能就是常说的天性吧？

老狼阿克拉临终前再三嘱咐，要我一定要回到人的环境中。以前，我将丛林当做自己永远的家，但现在对人类竟是如此的向往、如此的期盼！

我既是人，又是狼；我既是人类的儿子，也是丛林的儿子。就算是人类和丛林之间的纽带吧。我生活在人类中，但不会忘记丛林。在这种思想的指导下，毛克利决定要回到人类中去。

离开丛林那天，棕熊伯鲁、黑豹巴希拉、大蟒蛇卡阿、大象哈蒂、4只灰狼兄弟都到西奥尼山下为他送行。它们都眼含热泪，默不作声。

毛克利回头看了一眼美丽的丛林，向山下走去。

身后传来巴希拉、伯鲁、灰狼兄弟撕心裂肺的哭声……